Jutta Herzberg

Ein Wimpernschlag im Augenblick

Jutta Herzberg

Ein Wimpernschlag im Augenblick

Gestaltung und Layout: Gunar Herzberg

Bildbearbeitung: Jutta Herzberg

Herstellung und Verlag: BoD - Books on Demand, Norderstedt

www.bod.de

ISBN: 9783848228799

*D*er Sonnenuntergang mit den warmen Farben, die sich über den ganzen Horizont verteilen, haben auf Lara eine wohltuende Wirkung...

*D*as Mittagessen ist der anstrengendste Tagespunkt in der Kinderwelt, welche eine Einrichtung für Kinder von 0 – 7 Jahren ist. Die Kinder sollen alle gemeinsam essen, so wollen es die Eltern. Sie glauben dass die Kleinen so besser voneinander lernen können. Doch das passiert nach meiner Meinung nicht bei der Nahrungsaufnahme. Wieder so ein Punkt, wo ich mit Ralf und den Eltern anderer Meinung bin. Natürlich muss er, als Leiter der Einrichtung, die Interessen der Eltern vertreten, jedoch, mit seiner ihm eigenen Hektik, fehlt ihm die Geduld sich mit anderen Menschen intensiv auseinander zu setzen.

Meira zum Beispiel, ist ein gesundes, aufgewecktes kleines Mädchen. Nur gehen kann sie leider nicht. Sie liebt es sich als Prinzessin zu verkleiden und dann mit ihrem Holzpferd umher gezogen zu werden. Etwas zu Essen ist für Meira das Schönste, was man ihr geben kann. Sie weiß auch schon recht gut, was sie mag. Durch ihre gute Aussprache fällt es ihr leicht, das zu bekommen was sie möchte.

Robert dagegen hat es nicht so leicht. Er muss alles, was er haben möchte, ertasten. Seine Sprache entwickelt sich sehr langsam und in nur einfacher Form. Wenn er drei Worte hintereinander sagt, ist das schon ein wiederholter Lernerfolg, der von uns gelobt werden muss. Richtig gut spielen kann Robert eigentlich nur, wenn ein Erwachsener bei ihm ist und ihn unterstützt. Aufgrund seines Nichtsehens isst er nur wenn ihm etwas gereicht wird. Für seine Wissenserweiterung müssen wir genau erklären welche Lebensmittel er zu sich nimmt. Wenn es dann für ihn in Ordnung ist, quittiert er es mit einem Grunz-Laut. Ansonsten erklären wir es nochmal, in einer anderen Variation.

So verschieden unsere Kinder hier sind, so verschieden sind auch ihre Defizite um für sich altersgerecht im Alltag zu bestehen. Und die paar Kleinen, die das können, werden gerne zur Mithilfe angeregt. Leider stehen sie jedoch im Tagtäglichen außen vor. Beinahe möchte ich denken, sie sind Außenseiter. So etwas jedoch laut zu sagen, oder gar zur Diskussion zu stellen, bedeute mit Sicherheit eine Abmahnung, wenn nicht sogar die fristlose Kündigung. Da es heute kaum noch sichere Arbeitsplätze gibt, nehme ich es so hin wie es ist. Denn Kinder wird es hoffentlich noch lange geben, damit ich mein Leben selbständig führen kann. In den letzten Monaten ist mir meine Arbeitskollegin Marie eine gute Freundin geworden.

„*W*enn ihr euch schon für etwas Besseres haltet, dann sitzt hier nicht nur rum und schnattert dummes Zeug, sondern helft mit das Essen auszuteilen!", ruft Ralf uns entgegen. „Auch heute sind Pausen vorgeschrieben", erwidere ich. „Weißt du Marie, ich bin mir ganz sicher, dass es auch mal anders war!" „Lara du träumst schon wieder." „Nein ich bin mir ganz sicher. Schau dich doch um, es werden immer mehr Kinder, die Hilfe im Alltag brauchen. Wir haben von den vierzig Kindern hier vielleicht zehn, von denen ich jetzt denke, dass sie später einmal alleine zurecht kommen werden. Woanders sieht es auch nicht anders aus. Es muss auch mal anders gewesen sein!" „Lara was wünscht du dir denn?" „Ich wünschen mir, dass jeder Mensch für sich selbst sorgen kann. Aber das gibt es sicher nicht. Doch es müsste mehr wie uns geben, damit wir mehr erreichen können." „Wenn ihr etwas erreichen wollt, dann beendet jetzt eure Pause und helft mit", ruft Ralf dazwischen. „Lara, es war ein schönes Gespräch, ich nehme mir Robert", bedankt sich Marie. „Ja danke, Meira ruft schon laut nach mir."

*S*ophie-Amanda, eine gutaussehende junge Frau, betritt das Spielzimmer. „Ist Meira schon fertig?" Ralf beeilt sich ihr zu antworten: „Ja selbstverständlich ist deine Tochter schon fertig. Ihr Holzpferd hat ihr heute nicht so viel Spaß gemacht." „Das liegt ja nur daran, wenn sie nicht dahingezogen wird, wo sie hin will", wirft Sophie-Amanda schnippisch ein. Ralf zuckt unruhig die Schultern und verspricht es so den Betreuern weiterzugeben. „Meira mein Schatz da bist du ja, ich hole dich sofort. Oh, sieh nur deine Schuhe sind schmutzig geworden, die ziehen wir gleich mal um. Und was sehe ich denn hier, hat dir dein Frühstück nicht geschmeckt?" Meira streckt ihre Hand aus und will den Schoko-Riegel haben, den Sophie-Amanda in der Hand hält. „Ich packe ihn nur schnell aus, damit du dich nicht schmutzig machst." Sophie-Amanda schaut zu mir rüber. „Lara, ich erwarte, das ihr besser auf meine Meira achtet, so geht das nicht. Sie hat nicht einmal alles aufessen dürfen." „Entschuldige bitte, Meira hat heute mit uns gebacken. Den Kuchen durften sie nach dem Auskühlen aufessen." Sophie-Amanda rollt die Augen und hebt ihre Tochter auf den Arm. „Meira, sag auf Wiedersehen zu Lara, das kannst du doch schon", flüstert sie ihrer Tochter ins Ohr. Meira sagt nichts, und grinst mich an. Als die Beiden an der Tür sind, bekomme ich noch einen Luftkuss. Den hat die Mama beim Rausgehen nicht bemerkt. Der Parkplatz vor dem Haus ist großzügig angelegt, damit die Eltern genügend Platz zum Ein- und Aussteigen haben. Gerade als Sophie-Amanda das Auto aufgeschlossen hat, kommt Rosa auf sie zu. „Hallo Rosa, wie geht's..." „Mama ich will los", schreit Meira. „Ja, du hast Recht mein Schatz", entschuldigt sie sich bei ihrer Tochter und zu Rosa gewandt: „Es sind ja unsere Liebsten. Vielleicht ein anderes Mal, grüß Robert von Meira." Rosa, eine große, dunkelhaarige Frau, die etwas zurückhaltend wirkt, geht sofort auf Ihren Sohn Robert zu und spricht ihn leise an. „Hallo mein kleiner Prinz. Hattest du einen schönen Tag?" Robert dreht sich zu seiner Mutter hin und langsamem beginnen die Tränen zu laufen. „Autu - autu". „Was meinst du denn mein Prinz? Hast du etwas nicht bekommen? Wer hat denn heute auf dich aufgepasst?" Robert schüttelt den Kopf und fängt laut an zu kreischen. „Was war heute hier wieder los?", schreit Rosa in der Halle. Ich bin gerade im Badezimmer mit zwei Kindern beschäftig. Aber Marie steht schon neben Rosa und versucht beruhigend auf beide einzuwirken. Sie streichelt Robert über sein Haar und schaut Rosa klar in die Augen. „Robert wollte die ganze Zeit das Auto haben, welches schnarrt, das gehört jedoch Lutz und der wollte es nicht hergeben. Ein anderes Spielzeug war für Robert heute nicht akzeptabel." „Ach mein kleiner Prinz, das tut mir aber leid", säuselt Rosa ihm ins Ohr und zu Marie gewandt sagt sie: „Ihr hättet mich anmailen sollen, damit ich ihm so ein Auto hätte mitbringen können. Nun muss ich erst mit ihm zusammen los. Das kostet wirklich Zeit!", schimpft Rosa. Marie hebt die Schultern an und wendet sich den drei Kleinen auf der Hochebene zu, die dabei sind Kasperpuppen auf vorbeirobbende Kinder fallen zu lassen. Am Büro von Ralf vorbeikommend nuschelt Rosa ein: „Bis morgen." Ralf springt erschrocken auf und sagt: „Ja, ... ja bis morgen."

So einfach auf einer Düne zu stehen und sich den Wind durch das Sommerkleid wehen zu lassen ist wie ein Traum, der einen umgibt. Der Blick aufs weite Meer hinaus, so wie die Unendlichkeit. "Lara, ich wusste das ich dich hier finde." „Marie, schön dass du da bist, - habe ich eine Verabredung verpasst?" „Nein - nein, ich wollte nur ein bisschen mit dir schnattern, wie Ralf das immer so nennt." „Die Gedanken schweifen zu lassen und sich vorzustellen wie etwas anders sein kann, ist für mich etwas beruhigendes, und hat nichts mit hektischem schnattern zu tun. Aber davon hat unser Hektiker Ralf keine Ahnung." „Wie Recht du hast Lara, was ist dein größter Traum?" „Ich stelle mir vor, dass wir bestimmen oder anregen, was wir mit den Kindern in der Arbeit machen." „Machen wir das nicht?", Marie sieht mich ungläubig an. „Nein, nicht so wie ich das träume." „Wie denn?" Marie zupft unruhig an meinem Gürtel.

Mein Blick schweift zum hellblauen Horizont, und ich sehe Meiras Mutter plötzlich genau vor meinem geistigen Auge und sage zu ihr: „Meira hat heute ihre Brotbox nicht leer gegessen. Sie hat sich nämlich beim Mittagessen selbst aufgefüllt, und versucht das Aufgefüllte aufzuessen. Das hat sie schon sehr gut hinbekommen." Und die Mutter antwortet dann: „Ja, ja das mit dem Auffüllen lernt sie bestimmt auch noch. Es ist schön dass ihr die Kinder, Kinder sein lasst." Marie schaut mich nachdenklich an und schüttelt den Kopf. „Was ist?", frage ich. Marie zeichnet mit einem kleinen ausgefaserten Stock Kreise in den Dünensand und murmelt: „Ist es bei uns denn so anders?" Ich versuche Maries gemalte Kreise mit meinen Gedanken zu verbinden. „Bei uns ist es anders." Ich schaue auf das Durcheinander der Kreise, und rede einfach los. „Wenn ein Kind heute erzählt, dass es die Quarkspeise als Nachtisch mochte, und die Mutter damit einverstanden ist, dann sagt sie nicht: ‚Das ist ja schön, wir schauen mal ob es so etwas mal wieder gibt'. Nein, dann kommt sie zu uns und sagt, dass es die Quarkspeise morgen wiedergeben soll, weil ihr Kind die so gerne mochte. Am besten noch als Hauptspeise. Und was passiert dann?", frage ich resigniert. Marie malt an ihren Kreisen und antwortet monoton: „Dann gibt es also solange Quarkspeise bis es neue Wünsche gibt, wie auch immer die aussehen. - Jetzt verstehe ich was du meintest. Wo nimmst du nur diese Träume her?" „Ach Marie die sind in mir, und manchmal stören sie mich im Alltag." „Warum lässt du deine Ideen nicht raus?" „Weil mir meine Selbständigkeit wichtig ist, und die möchte ich nicht aufs Spiel setzen." Marie wirft den kleinen Stock weg, steht auf und reckt sich. „Wie gut dass es Orte gibt, an denen wir noch träumen können" Wir sehen uns an. „Ich mag die Dünen und das Meer." „Ich auch!" Als es langsam dunkel wird, verabschieden wir uns und gehen nach Hause.

„*R*alf, hast du den Zettel an der Pinnwand gesehen?" „Welcher Zettel?" Ralf steht von seinem Schreibtisch auf, wobei sich ein Stapel loser Papiere gleichmäßig auf dem Fußboden verteilt. „Huch, das macht nichts. Welchen Zettel meinst du überhaupt?" Er schaut auf den Fußboden. „Komm mit, ich zeige ihn dir." Vor der Pinnwand stehend zeige ich ihm den Zettel - oder sollte ich lieber Plakat sagen?

ROBERTS

GEBURTSTAGSFEST

Mein Robert wird in 2 Tagen 5 Jahre alt.

Er wünscht sich zu seinem Geburtstag eine Prinzen- und Prinzessinnenfeier. Er will dass alle Kinder als Prinzen oder Prinzessinnen in den Kindergarten kommen.

Als Partyspaß gibt es alles was die Kinder mögen:

- *Luftballonfliegen*
- *Waffelwettessen*
- *Schaumkussweitwurf*
- *Kostümwettbewerb*
- *Saft wetttrinken*

... Burger und Nuggets zum Mittagessen!

PS. Die Geschenke für Robert nehme ich erst am Nachmittag, nach der Feier entgegen!

„Nein, das habe ich noch nicht gesehen", gesteht Ralf mit einem suchenden Blick zu mir: „Ist Robert denn schon da?" „Ja-aaa - hat Rosa das nicht mit dir abgesprochen?", frage ich leise zu ihm gewandt. „Habe ich ... wahrscheinlich vergessen - oder - aber - naja ... ist doch mal eine tolle Idee für das ganze Haus", nuschelt Ralf. „Na, wenn du meinst?", entgegne ich mit wenig Begeisterung, „dann gehe ich mal das Mittagessen bestellen." „Wieso du?", fragt mich Ralf irritiert. „Es steht doch so auf dem Plakat von Roberts Einladung!", entgegne ich. Ralf liest das Plakat noch einmal laut vor ... „Glaub mir Ralf, wenn sie nichts mit dir abgesprochen hat ist es besser wir machen uns an die Vorbereitung." „Ich werde noch einmal nachsehen, ob ich mir eine Notiz gemacht habe." Grübelnd geht er in sein Büro. ‚Na dann viel Spaß beim Suchen', denke ich für mich und kann mir ein breites Grinsen nicht verkneifen. „Worüber freust du dich denn so? Du strahlst ja richtig." Marie bleibt neben mir stehen und sieht mich so an, dass ich ihr die Antwort nicht schuldig bleiben kann. „Schau einfach mal bei Ralf vorbei", stecke ich ihr zu und grinse wahrscheinlich noch mehr. Ralf kniet auf dem Fußboden vor seinem Schreibtisch und schiebt die heruntergefallenen Papiere hin und her. „Suchst du etwas Bestimmtes?", fragt Marie nicht sonderlich überrascht. „Marie, ... gut dass du da bist." Ralf wirkt erleichtert. „Weißt du etwas von Roberts Geburtstagsparty?" Jetzt grinst auch Marie und antwortet mit versuchter ernsten Stimme: „Nein, nur das was auf dem Plakat steht." Mit gezähmter Ironie fügt sie noch hinzu: „Oder das was von uns erwartet wird." Ralf springt auf und ist völlig aufgeregt. „Wir müssen ein Mitarbeitertreffen einberufen, ... Essen bestellen, ... Dekoration basteln, ... Eltern informieren, ... Wann war nochmal die Party?" Marie steht gelassen vor ihm, bemüht sich seine Aufregung zu ignorieren und stellt fest, dass der Geburtstag doch erst in zwei Tagen ist. „Da hatten wir ja schon ganz andere Aktionen." Ralf guckt Marie ungläubig an und meint mit wippenden Schultern: „Wenn ihr das hinbekommt, ist es ja gut." Er dreht sich um und versucht, ohne auf die herumliegenden Papiere zu treten, seinen Schreibtischstuhl zu erreichen. „Müssen wir ja, wenn es die Eltern wollen", raunt Marie in Ralfs Richtung und setzt sich zu mir an den Tisch um alles Weitere zu besprechen.
Zur Abholzeit stehen mehrere Mütter vor dem Plakat und diskutieren: „Also ich hätte es ja besser gefunden wenn es eine Ritterparty geworden wäre!" „... Ach weiß du, so verschiedene Märchen, fände ich

besser, da hätte man ja mehr Auswahl mit den Kostümen." „... Es stehen ja noch mehr Geburtstage an, wir müssen dem Personal hier nur Bescheid geben." „... Ja - stimmt." „... Wieso will Robert denn überhaupt, dass sich die Kinder verkleiden? Er sieht doch sowieso nichts!" „... Ach herrje, meinst du ich sollte den Buggy von meiner Kleinen mit verkleiden? Da kann man bestimmt was Nettes kaufen", erwidert die nebenstehende Mutter, als Marianne, die Mutter der Zwillinge Lisa und Kai auf die Gruppe zu kommt. Nach einem kurzen Blick auf das Plakat, kommt von ihr nur ein trockenes: „Zwei Tüten Weingummi hätten es auch getan." Und schon geht sie ihren Kindern entgegen, die auf sie zugelaufen kommen. Mit den Kindern an der Hand verabschiedet sich Marianne bei mir und fügt noch hinzu: „Bis Übermorgen dann. Morgen habe ich frei." „Ich wünsche euch einen schönen Tag", erwidere ich und winke Lisa und Kai zu.

$\mathcal{D}$ie Kinderwelt ist mit Girlanden und Luftballons geschmückt, als die ersten Prinzen und Prinzessinnen eintreffen. „Na dann wollen wir mal", muntert Marie mich auf. „Jup, kann losgehen", erwidere ich etwas angespannt, als Ralf um die Ecke gefegt kommt und überrascht fragt: „Ist das die ganze Deko? Wo ist der Rittersaal?" Wie aus einem Mund antworten wir: „Jaaa!" Und gleichzeitig zeigen wir auf die Tische, die wir in eine lange Reihe aufgestellt haben. „Wenn ihr meint, das reicht", Ralf zuckt wieder einmal mit den Schultern und brummelt, dass er noch eine Menge im Büro zu tun hätte und besser nicht gestört werden wolle.
„Guten Morgen", sage ich in die Garderobe hinein, wo die Mütter ihre Kinder für das Fest dekorieren. „Mama, ich will die Schleife nicht umhaben", weint ein Mädchen. „Aber die gehört doch zu deinem neuen Prinzessinkostüm", erklärt die Mama etwas genervt. „Ich wollte das blöde Kostüm doch gar nicht. Ich will als Prinz gehen weint sie weiter." „Du bist doch ein Mädchen und kein Junge, das weißt du doch, und deshalb bist du heute meine Prinzessin", säuselt die Mama der Kleinen ins Ohr. „Was sollen die anderen Kinder sonst von dir denken?" Das Mädchen lässt sich widerwillig die Schleife umbinden und geht zu den anderen Kindern. „Sind sie nicht süß?", freuen sich die Mütter. „Eine

schöner als die Andere und die Prinzen erst mal, richtig süß", schwärmen die Mütter und fotografieren was das Zeug hält.

Da betritt Rosa mit Robert den Flur. „Schaut mal wer da ist", ruft Rosa in die Menge. Robert steht ganz dicht bei Rosa am Bein und will nicht weiter gehen. Als ein paar Kinder auf ihn zukommen und ihm gratulieren wollen, fängt er laut an zu schreien. „Beruhige dich, du hast doch Geburtstag, und alle haben sich so verkleidet wie du es wolltest", erklärt Rosa ihrem Sohn mit einem hilfesuchenden Blick zu mir. „Da ist ja unser Geburtstagskind", rufe ich ihm entgegen und gehe auf ihn zu. „Robert, wie alt bist du denn geworden", frage ich ihn mit betonter Stimme. Sofort antwortet Rosa in liebsäuselnder Stimme: „Der kleine Prinz ist heute fünf Jahre alt geworden." Rosa schaut Robert verzückt an und sagt: „Das ist heute dein Tag ganz alleine und jetzt wünsche ich dir viel Spaß." Und zu mir gewandt meint sie mit erhobener Stimme: „Mit einem Schloss hat die Dekoration ja gar nichts zu tun, da hätte ich mehr erwartet. Roberts Kerzen stehen auch noch nicht auf seinem Geburtstagstisch. Ich hoffe das kommt noch!" „Selbstverständlich", antworte ich höflich und greife nach Roberts Hand. Mit Robert an der Hand gehe ich zu den anderen Kindern in das Spielzimmer. Während Sophie-Amanda noch mit Meira in der Garderobe über das Kostüm diskutiert und immer wieder fragend sagt: „Meira, das ist das schönste Kostüm von allen, kann ich dich jetzt rein tragen?", kommen Lisa und Kai mit ihrer Mutter in die Garderobe. Lisa zieht sich ihre Jacke aus und zupft noch einmal ihr Lieblingssommerkleid zurecht und lässt sich von ihrer Mutter die selbstgebastelte Krone aufsetzen. Auch Kai bekommt eine Krone aufgesetzt und zusätzlich noch einen Prinzenumhang umgebunden. Den haben sie gestern aus einer seidigen Tischdecke mit Hilfe ihrer Mutter gebastelt. Beide stehen stolz vor ihrer Mutter und fragen: „Sehen wir gut aus?" „Ihr seht immer gut aus aber heute seht ihr besonders gut aus. Und nun viel Spaß beim Spielen", bestätigt sie ihre Kinder und gibt ihnen einen liebevollen Schups in Richtung Spielzimmer. Unterdessen sitzt Meira immer noch bei ihrer Mutter und will doch lieber das Kleid mit dem Glitzerschal anziehen. Und so kommt es, dass Sophie-Amanda ihre Tochter das dritte Mal umzieht. Marie steht in der Mitte des Spielzimmers und ruft die Kinder zusammen: „Wir wollen anfangen, wir treffen uns alle in der Halle." Während ich die Kinder unterstütze in die Halle zu kommen, höre ich Sophie-Amanda aus der Garderobe vorwurfsvoll hektisch rufen: „Meira ist noch nicht fertig, ihr müsst noch warten." Als alle Anderen in der Halle angekommen sind, gehe ich in die Garderobe, bücke mich und nehme Meira auf den Arm. „Sie,… sie ist noch nicht fertig", stottert Sophie-Amanda. Ich lasse mir den Tüttelkram für die Haare, und was sie da sonst noch alles hat, geben und gehe zügig in die Halle zu den Anderen. Von weiten höre ich noch ein unzufriedenes: „Und ein Foto habe ich auch noch nicht gemacht!", hinterher. Trotzdem schließe ich mit festem Griff die Tür zur Halle. Meira setze ich zu den Kindern in den Kreis, die grade für Robert das Geburtstagslied singen. Mit verschieden Angeboten und ein wenig mehr Leckereien als an andern Tagen haben an diesem Vormittag alle ihren Spaß.

Nach dem Geburtstags-Bankett lässt Meira sich vor die Höhle der Hochebene setzen, wo Lisa mit einer Puppe spielt. „Das ist ja gar keine Prinzessinnenpuppe", stellt Meira fest. „Macht nichts", erwidert Lisa. „Wollen wir die Puppe füttern?", fragt Meira. „Oh ja, und die Jungs müssen uns das Essen besorgen", freut sich Lisa. „Oh ja", auch Meira ist von der Idee begeistert. „Wen wollen wir mitspielen lassen?", überlegt Lisa laut. Spontan sagt Meira: „Na alle die fünf sind." „Das ist aber doof, dann kann ich nicht mitspielen, ich bin doch noch vier", wirft Lisa, ein bisschen traurig, ein. „Mm", doch Meira hat die rettende Idee: „Alle die Prinzen sind, ... oder es heute waren." Lisa ist einverstanden und ruft laut durch die Halle: „Wer will uns etwas zum Essen holen?" Ein lautes Durcheinander entsteht, denn viele wollen mitmachen. Sie drängeln sich um die zwei Mädchen. Lisa legt geheimnisvoll den Finger auf den Mund und flüstert: „Wir wollen etwas verbotenes, etwas Süßes." „Etwas was nicht auf dem Tisch steht", kichert Meira. „Gut", sagt Kai mit einem Grinsen im Gesicht, „ihr dürft uns aber nicht verraten." „Nein, tun wir nicht", versichern die beiden Mädchen. Kai klettert mit seinen Freunden in die große Höhle unter dem Plateau und sie fangen an zu tuscheln.
„Es ist ziemlich ruhig geworden", wundert sich Marie. „Stimmt, aber alle spielen", stelle ich fest. „So kann ich jetzt ja die drei Lütten zum Hinlegen fertig machen." Marie nickt und wendet sich dem Salat aus Springseilen wieder zu, um sie zu entknoten. Unterdessen haben die Jungen einen Plan, wie sie an etwas Besonders herankommen, was

nicht auf dem Tisch steht. Robert, der in der kleinen Höhle nebenan alles gehört hat, macht sich bemerkbar. Kai krabbelt zu ihm rüber und fragt was er will. „Äck, - grupp ...", macht Robert, doch Kai kann ihn nicht verstehen. Kai guckt Robert an und flüstert ihm mit fester Stimme zu: „Ich verstehe dich nicht!" Kai vernimmt ein leises: „Mit-machen." „Klar, du darfst uns aber nicht verraten", flüstert Kai und Robert schüttelt den Kopf. Als beide aus der kleinen Höhle zu den Anderen in die große Höhle hinüber geklettert sind wird weiter getuschelt. Meira und Lisa spielen unterdessen mit der Puppe und sind gespannt was sie wohl zu essen bekommen werden. „Vielleicht einen riesen Schokokuss den wir dann ganz alleine aufessen", fantasiert Meira. „Ja, und alle anderen müssen zugucken, wie wir den dann aufessen", kichert Lisa. Von dieser Vorstellung völlig entzückt, machen sie die verschiedensten Bewegungen und hören nicht auf zu kichern. „Na, ihr habt ja Spaß", werfe ich beim vorbeigehen ein. Meine Bemerkung wird mit einem fröhlichen Gekicher quittiert. Da sehr viele Kinder auf der Hochebene spielen, setze ich mich mit unserer Jüngsten, der Johanna, auf den Krabbelteppich daneben. Während ich so mit ihr herum schäkere, höre ich Kinder in der großen Höhle reden. „... Also, so machen wir das, wir bringen dich vor die Tür vom Ralf", „... Dann musst du laut schreien", „... OK", „.... Kannst du das?" „...gut" „... Und wenn Ralf dich dann in die Halle bringt, holen wir die superduper Brotbüchse von seinem Tisch. Da ist bestimmt etwas leckeres Verbotenes drin." ‚Bitte, was haben die denn vor?' denke ich und stehe auf. Doch als ich gerade auf die große Höhle zugehe, sehe ich vier Jungs, die Robert aus der Höhle helfen. Sie sehen mich überrascht an und sagen wie aus einem Munde: „Wir ärgern nicht, wir spielen", und alle nicken mir gleichzeitig zu. Ich nicke lachend zurück, und denke mir: ‚Das kann ja spannend werden.' Gleichzeitig setze ich mich wieder auf den Krabbelteppich. Von hier aus kann ich die ganze Halle gut beobachten. Johanna lege ich auf den Rücken neben mich und streichle ihr über den Bauch, als wäre nichts Besonderes los...

Ein hysterischer Aufschrei ertönt zur Halle herein. Normalerweise wäre ich sofort aufgesprungen um zu sehen was los ist, doch diesmal hält mich etwas zurück. Obwohl das Geschrei nicht weniger wird, bleibe ich sitzen. Ralf steht mit Robert in der Tür und versucht ihn zu beruhigen, doch ohne sichtlichen Erfolg. Langsam stehe ich auf und gehe auf die zwei zu. Als vier Jungs mit hochrotem Kopf an mir vorbeihuschen, sage ich zu Robert: „Gut gemacht", und streiche ihm beruhigend mit meiner Hand über den Kopf. „Seid ihr denn jetzt alle von dem Fest völlig durchgeknallt?", schimpft Ralf. „Lara, was ist denn daran gut, wenn Robert vor meinem Büro steht und schreit? Wenn seine Mutter gerade gekommen wäre, nicht auszudenken was dann wieder passiert wäre", schimpft er weiter. Ich bringe nur ein „Entschuldigung, hab mich versprochen", heraus und drehe mich grinsend um. Mit Robert an der Hand, der sich erstaunlich schnell wieder beruhigt hat, gehe ich auf die große Höhle zu und frage ihn ob er vielleicht wieder mit den Jungen dort spielen will. Robert nickt und die vier Jungs helfen ihm fast liebevoll hinein. Obwohl Marie in der Zwischenzeit Johanna ins Hängekörbchen gelegt hat, habe ich das Gefühl, dass der Platz auf dem Krabbelteppich gar keine schlechte Wahl ist. Kaum sitze ich, traue ich meinen Ohren nicht: „Robert du warst erste Spitze, echt super...", bedanken sie sich bei ihm. „Jetzt lasst uns mal sehen, was in der Büchse ist. „Oh, goldene Bonbons, die kenne ich, die isst meine Mutter immer. Dann ist das etwas Verbotenes", sagt Kai, und die Anderen stimmen ihm zu. „Ach, was ist das denn?" „Äh,... sieht nicht lecker aus", stellen die Jungs fest. „Gib's nich -" höre ich ganz leise, „Stimmt", sagt Kai, „war nicht auf dem Tisch", und gleichzeitig stellt er fest, dass er das auch nicht essen würde. „Müssen wir auch nicht", stellt der Älteste unter ihnen weise fest und fragt: „Wer holt die Mädchen?" „Du Sebastian, weil du der Älteste bist", bestimmt Kai. Scheinheilig klettert er aus der Höhle und geht auf Lisa und Meira zu. „Ihr müsst in die große Höhle kommen", flüstert er und geht weiter, mit einem Seitenblick zu mir. „Oh, wie groß wohl der Schokokuss ist", freut sich Lisa und steht auf. „Kein Schokokuss, was viel Besseres", zischt Sebastian ihr auf dem Rückweg ins Ohr. Lisa ist schon fast in der großen Höhle verschwunden, als Meira laut in die Halle ruft: „Ich will zur großen Höhle!" Normalerweise reagieren wir hier im Alltag nicht auf ein derartiges Geschrei, doch gerade mache ich eine Ausnahme und rufe zurück: „Zauberwort!" Verdutzt schaut Meira zu mir rüber und ruft erfreut „B-i-t-t-e." Ich denke so bei mir, ‚Geht doch', und bitte unsere Praktikantin sie hinzutragen. Mit Hilfe der anderen Kinder schafft es Meira in die große Höhle. „Erst müsst ihr Das essen, dann gibt es Die hier", höre ich die Kinder sagen, als Marie sich neben mich setzt und gleichzeitig fragend ansieht. „Pssst", mache ich und lege den Finger auf den Mund. „Ii-hh, was ist das denn?", fragt Lisa entsetzt. „Das haben wir euch besorgt, wie ihr es wolltet", flüstern die Jungs. „Etwas, was nicht auf dem Tisch war, und etwas Verbotenes." Meira nimmt das Brot und beißt rein, mit vollem Mund sagt sie zu Lisa: „Lecker Leberwurst." Lisa nimmt das zweite Stück und bestätigt wie lecker das ist. Danach teilen die Kinder die goldenen Bonbons unter sich gerecht auf, nur Robert bekommt den Letzten noch dazu, weil er ja heute Geburtstag hat. Schmatzend sagt Kai: „Das machen wir mal wieder." „Oh ja, das war toll", stimmen die andern Kinder ihm zu. Marie kommt nicht mehr dazu nachzufragen, da Sophie-Amanda die Halle betritt. „Meira, Meira wo bist du?", ruft sie. Die Praktikantin zeigt auf die Hochebene. „Ich sehe sie nicht, wisst ihr nicht wo meine Meira ist?", schimpft sie zu Marie. Marie steckt den Kopf in die große Höhle und bittet Meira ihrer Mutter „Hallo" zu sagen. „Nein ich will noch nicht nach Hause", fängt sie an zu weinen. Lisa tröstet sie und flüstert: „Morgen treffen wir uns alle wieder hier in der großen Höhle." Die anderen Kinder nicken und Meira zeigt sich mit abgewischten Tränen ihrer Mutter. „Meira, mein Schätzchen, wie kommst du denn da hoch, das ist ja viel zu gefährlich!", ruft sie Ihrer Tochter besorgt entgegen. Marie versucht Sophie-Amanda zu beschwichtigen, und zu Meira schauend sagt sie: „Das hast du heute richtig toll gemacht, Meira." Meira strahlt Marie zufrieden an. „Hol' mich runter!", quakt sie ihre Mutter an. Die geht sofort auf ihre Tochter zu und hebt sie auf ihren Arm. Mit den alltäglichen Worten wie: „Du bist aber schmutzig…", geht sie mit ihr in die Garderobe. Im allgemeinen Abholtrubel, kommt Rosa in die Halle und sieht, wie die Zwillinge und Sebastian gemeinsam Robert aus der großen Höhle helfen. Sie ist fassungslos und kommt auf mich zugestürmt. „Könnt ihr nicht besser aufpassen, müssen das jetzt schon die Kinder machen, wenn da was passiert… nein, nicht auszudenken wenn mein kleiner Prinz da runterfällt", schimpft Rosa mir ängstlich und aufgeregt entgegen. In diesem Moment entdecken Lisa und Kai ihre Mutter und laufen auf sie zu. Marianne sieht Rosa freundlich grinsend an und meint beruhigend zu ihr: „Das können die Kinder schon sehr gut miteinander." Dankbar für die nette Erklärung schaue ich zu Marianne, die nickt zurück und geht mit ihren Kinder in die Garderobe. Dort zetert Meira noch mit ihrer Mutter über das Anbehalten ihres Kostümes. Lisa und Kai sehen zu Meira hin, die mit der rechten Hand zu den Zwillingen ein klein wenig winkt. Robert wird von seiner Mutter aus der Halle geführt und mit Fragen vom Tag überschüttet. Robert antwortet monoton mit seinen Lauten. „Nun sind alle weg, und wir können auch gehen", sagt Marie tief atmend zu mir. Ralf kommt uns entgegen mit einem suchenden Blick. „Suchst du etwas?", frage ich ihn etwas erheitert. „Nein…, nein ich dachte nur vielleicht…, aber nein", bekomme ich als zerstreute Antwort. „Lara was ist los?", fragt Marie neugierig. „Das ist eine lange Geschichte, die erzähle ich dir ein anderes Mal", vertröste ich sie mit einem grinsenden Blick. „Ok, aber nicht vergessen, bis Morgen", lacht sie zurück. „Nein vergesse ich nicht, bis Morgen."

Am nächsten Tag sitzt Meira auf ihrem Holzpferd und spielt mit Lisa am Puppenhaus, als Kai mich fragt, ob er und Sebastian in der Halle spielen dürfen. Mit meiner Zustimmung verschwinden die beiden Jungs aus dem Spielzimmer. Meira dreht sich um und schreit laut los: „Ich will auch…." Lisa hält ihr schnell den Mund zu und geht dann zu Marie. „Dürfen Meira und ich zur großen Höhle rüber in die Halle?", fragt sie höflich. Marie schaut mich an. Da für mich nichts dagegen spricht, nicke ich zurück und Marie erlaubt es ihnen mit dem Zusatz: "Vertragt euch aber mit den Jungs." Lisa zieht Meira auf ihrem Holzpferd in die Halle, wo die beiden Jungs aus der großen Höhle gekrabbelt kommen und fragen, ob sie mit rein wollen. Lisa verzieht das Gesicht und meint, dass sie ja deshalb gekommen wären. Sie helfen Meira in die große Höhle und stellen fest, dass Samuel und Klaus noch fehlen. Im Spielzimmer macht sich Robert bei mir bemerkbar. Als ich mich neben ihn setze um heraus zu finden, was er möchte, greift er nach meiner Hand und haucht mit dünner Stimme: „auch!" „Du möchtest auch in der Halle spielen?", frage ich mit leiser Stimme. Robert bewegt erfreut den Oberkörper von vorne nach hinten. Natürlich weiß ich, dass er will, versuche aber trotzdem ein gesprochenes Wort von ihm zu bekommen. Da ich aber nicht gleich mache was er will, dreht er sich weg und fängt an zu weinen. Ich halte seine Hand fest und ermuntere ihn mir eine Antwort zu geben. „Möchtest du in der Halle spielen? Ja oder nein?", frage ich noch einmal geduldig. Mit gepresster Stimme antwortet er: „Ja h." „Gut, dann helfe ich dir in die Halle", gebe ich ihm erfreut zur Antwort. In der Halle angekommen, ruft Kai uns entgegen: „Robert willst du mitspielen?" Robert bleibt stehen und zuckt etwas an

meiner Hand als er „Ja h" in die still gewordene Halle haucht. „Toll",
rufen die Kinder uns entgegen und helfen ihm in die große Höhle.
Bevor ich mich zum Weggehen umdrehen konnte, fragt Sebastian aus
der großen Höhle: „Lara, dürfen Samuel und Klaus auch noch zum
Spielen kommen?" „Heute ist Mittwoch, und wie ihr wisst, da kommt
doch immer Irene um mit Samuel deutsch zu üben. Heute bekommt er
etwas vorgelesen und Klaus wollte auch mitgehen. Deshalb geht das
leider nicht.", muss ich die Frage verneinen. Spontan ruft Kai mir nach,
dass Irene auch mitspielen dürfe. ‚Süße Idee', denke ich mir und
antworte: „Gut, ich werde Irene danach fragen", und gehe wieder ins
Spielzimmer.
Ralf sieht mich kommen. „Lara, wo warst du denn? Johannas Mutter
hat dich gesucht, sie musste schnell los... und hat mir Johanna
gegeben... weil du nicht da warst... und jetzt schreit sie... hier, nimm
sie, ich kann das jetzt nicht mehr hören... hoffentlich ist sie nicht
ansteckend krank...", regt er sich auf. Ich nehme ihm die Kleine ab und
entschuldige mich für meine, in seinen Augen gesehene, Unaufmerk-
samkeit. Ralf dreht sich um und bückt sich nach einer auf dem Boden
liegenden Brotbox. Nach dem Öffnen schließt er sie sofort wieder, legt
sie kopfschüttelnd auf die Bank und verschwindet im Büro. Bei dieser
Beobachtung huscht mir ein breites Lächeln übers Gesicht. „Samuel",
höre ich Irene rufen und gehe auf sie zu, um ihr die Einladung der
Kinder aus der Halle zu übermitteln. Erfreut nimmt sie die Einladung an
und geht mit Samuel und Klaus in die Halle. Die Fünf in der großen
Höhle freuen sich, dass Samuel und Klaus jetzt da sind und fragen
Irene, ob sie ein Buch mitgebracht hat. Samuel und Klaus sind schon in
der großen Höhle verschwunden als Irene antwortet. „Ja, ich habe
eines mit einem Zauberer, der im grauen Niemandsland wohnt." Mit
diesen Worten macht sie die Kinder neugierig. Lisa rutscht vom
Eingang weg und fordert Irene auf auch rein zukommen. Als sie in die
große Höhle hinein guckt, und die sieben Kinder erwartungsvoll hocken
sieht, erklärt sie: „Der Zauberer braucht viel Platz zum Zaubern,
deshalb ist es besser, wir setzen uns aufs Plateau." Oben auf dem
Plateau nimmt Irene ganz geheimnisvoll ein rotes Buch aus der
Leinentasche. ‚Der Zauberer auf dem Buch sieht ein bisschen gruselig
aus', denkt Kai, sagt aber nichts und hört gespannt zu, als Irene
anfängt zu lesen. Nach jedem Reim, mit dem der Zauberer eine Form
zaubert, dürfen alle Kinder die Form im Buch fühlen, welche erhaben

dargestellt ist. Samuel wiederholt die Namen der Formen immer wieder und kichert dabei. Für ihn hören sich die Namen lustig an. Robert rutscht dichter an Irene heran, um besser die Formen zu fühlen. Alle Kinder haben ihren Spaß bei der Formenzauberei und den Farben. Bei der Frage: „Was kann man denn noch aus Kreisen machen?", überstürzen sie sich mit Ideen. Nur Robert sieht traurig aus. Als Lisa das sieht, nimmt sie das Buch fragend aus Irenes Hand und legt Roberts Zeigefinger auf den Kreis und sagt: „Das ist ein Kreis, der ist gelb." Robert strahlt und lallt: „Eiss is elmb." Meira schaut Lisa an und grinst. Da sagt Lisa schnell zu Robert: „Ja, der KREIS IST GELB." Robert will jetzt auch noch die anderen Formen fühlen und die Farben hören. Lisa und Meira helfen ihm dabei. Unterdessen versuchen Sebastian, Samuel, Klaus und Kai die Formen mit ihrem Körper nachzumachen. Mit einem erschrockenen Blick auf die Uhr, meint Irene zu den Kindern, dass sie jetzt los muss, und zu Samuel gewandt sagt sie: „Auf Wiedersehen bis nächsten Mittwoch." Die Kinder winken ihr hinterher, als sie die Halle verlässt. Robert hält das Buch fest in seiner Hand, und freut sich, dass Irene es nicht mitgenommen hat.

„Was machen wir jetzt?", will Meira wissen. Kai hat eine Idee, er fragt Robert, ob er die Formen und Farben mag. Robert nickt, und hält immer noch das Buch fest. Sebastian rutscht ungeduldig auf seinen Knien hin und her, „Sag schon", ruft er Kai entgegen. „Also…, Robert kann ja nicht so gut sehen, wie wäre es, wenn wir ihm die Formen größer machen?" „Oh ja", alle sind begeistert. Klaus steht vor Kai und tippt sich nachdenklich auf die Nase, als er fragt: „Wie denn?" „Mit Farbe", ruft Meira in die Runde. Alle Sieben stecken die Köpfe zusammen und verabreden, wer was holt. Robert und Meira klettern, so gut sie können, mit Samuels Hilfe in die große Höhle. Lisa muss zum Klo. Sebastian will Stifte aus dem Spielzimmer holen, und Kai geht mit Klaus in die Kammer um Papier zu holen. „Hallo Sebastian, habt ihr eine schöne Geschichte von Irene gehört?", frage ich ihn als er ins Spielzimmer kommt. Mit einem kurzen „Ja", beantwortet er meine Frage und nimmt sich die Buntstifte vom Mal-Tisch. Sofort protestieren die Kinder am Tisch, und Marie schimpft mit Sebastian: „Du kannst doch nicht einfach alle Stifte wegnehmen." „Nee…, warum nicht?", fragt er enttäuscht. „Weil die Kinder hier am Tisch damit malen", erklärt Marie mit einer Stimme, die keinen Wiederspruch duldet. Mit gesenktem Kopf und hängenden Schultern geht Sebastian enttäuscht aus dem Spielzimmer. Ich schaue ihm nachdenklich hinterher. Auf dem Flur trifft er auf Kai und Klaus, die jeder einen Stapel Papier unter dem Arm haben. „Ich durfte die Stifte nicht mitnehmen, Marie hat es verboten", sagt Sebastian traurig. „Macht nichts", sagt Kai und gibt Klaus seinen Stapel Papier. „Ich weiß was Besseres." Während Klaus das Papier in die Halle balanciert, geht Kai mit Sebastian noch einmal in die Kammer. Dort klettert er auf die am Boden stehende Kiste und nimmt einen Karton mit vielen bunten Bechern aus dem Regal. Mit dem Karton im Arm, fordert er Sebastian auf, in den Flur zu schauen, ob die Luft rein ist. Denn eigentlich dürfen die Kinder nicht alleine in die Kammer. Sebastian nickt Kai zu und schon flitzen beide in die Halle. Als Lisa sieht was die Jungs mit sich tragen, fragt sie skeptisch erschrocken: „Habt ihr gefragt?" Die Jungs schütteln den Kopf. „Dann gehen wir damit lieber schnell in die große Höhle", meint Lisa. Dort verteilen sie die Becher, die mit verschiedenen Farben gefüllt sind, und jeder bekommt ein Blatt Papier. Da sie keine Pinsel mitgenommen haben, malen alle mit den Fingern. Sebastian, der neben Robert hockt, ermutigt ihn das ganze Blatt anzumalen, und erklärt ihm, dass das ja ein Rechteck ist, und somit auch eine Form. Robert nimmt einen Becher und beginnt mit der ganzen Hand das Blatt anzumalen. Jeder versucht eine Form aus dem Buch nachzumalen. Als ich nach den Kindern in der Halle sehe, höre ich sie, wie sie über Farben und Formen reden und mache die Hallentür wieder zu und denke bei mir, ,Schön, dass sie so gut miteinander spielen.' Meira sitzt in der großen Höhle am Eingang, und beim Greifen nach einer neuen Farbe, ist ihr das Gelb nach unten auf den Boden gefallen. „Von hier oben sieht es wie eine Sonne aus", sagt sie nachdenklich zu den Anderen und klettert unbeholfen auf den Knien aus der großen Höhle. Die anderen Kinder folgen ihr nacheinander und begutachten die Sonne. Robert ist der Letzte oben, und als er den Kopf aus dem Eingang steckt, lallt er ziemlich deutlich: „Elb uten." Robert dreht sich um und nimmt einen Farbenbecher und lässt die Farbe herunter kleckern. Meira, die auf dem Fußboden sitzt, kommentiert den Farbenfluss mit. „… das ist der Rasen." „Ün", lallt Robert und lässt ganz vorsichtig noch mehr Farbe vom Finger auf den Boden laufen. Mit dem Blick auf das Grün ruft Samuel: „Jetzt noch ein paar Blumen." Robert tastet hinter sich und nimmt einen Becher, den er den Kindern unten zeigt. „Das ist Lila", stellt Lisa fest und meint, dass es lila Blumen gibt. Vorsichtig taucht

Robert drei Finger in den Farbbecher und schüttelt die Farbe von seinen Fingern nach unten. Kai ist begeistert und ruft Robert zu: „Das sieht toll aus." Robert lacht und lallt zurück: „M..ein Bi..ld" Die anderen finden Roberts Bild auch toll und wollen ihm gerade aus der großen Höhle herunter helfen, als ich in der Hallentür stehe. Ich bin starr vor Entsetzen und mir gehen tausende Gedanken durch den Kopf, bei dem Anblick, der sich mir bot. Doch bevor ich etwas sagen konnte, rufen mir die Kinder stolz entgegen: „Lara sieh nur, das hat Robert gemacht, sieht das nicht toll aus?" Robert sitzt stolz im Eingang der großen Höhle und zeigt mit dem Finger nach unten. „M..ein Bi..ld", lallt er mir zu. Und Meira erklärt mir, dass die Sonne eigentlich ihr gehört, aber die schenkt sie Robert, weil er sie für sein Rasen-Blumenbild braucht. Schnell fügt Klaus mit wichtiger Miene noch dazu, dass Blumen nicht ohne Sonne wachsen könnten. „Das ist wirklich ein schönes Bild", gebe ich etwas unsicher zu, und sehe dabei auf sieben farbverschmierte Kinder. „Dürfen wir es stehen lassen?", fragt Kai und sieht mich bittend an. Da ich jetzt doch nichts mehr ändern kann, erlaube ich es und schicke die Kinder in den Waschraum um sich so gut es geht sauber zu machen. Mit dem farbverschmierten Robert an der Hand treffe ich im Flur auf Ralf, der mich fassungslos ansieht und mir mit gedrückter Stimme sagt, dass ich das ja wohl mit Rosa alleine klären müsse, und geht geradewegs weiter in die Halle. Jetzt ist es mit Ralfs Fassung völlig vorbei, er stampft mit dem Fuß so fest auf, dass ich es im Flur hören kann und gleichzeitig brüllt er meinen Namen. Marie, die mit fragendem Blick aus dem Spielzimmer gestürzt kommt, nimmt mir ohne Worte sofort Robert ab und folgt den anderen in den Waschraum. In der Halle angekommen treffe ich auf Ralf, der im wahrsten Sinne des Wortes, den Mund nicht mehr zu bekommt. „Kannst du mir diese Sauerei erklären?", brüllt er mich an. Ich hole tief Luft und versuche ein überzeugtes: „Ja!" herauszubringen. Durch meine Antwort ist Ralfs Beherrschung endgültig am Ende. „Siehst du nicht, wie es hier aussieht? ... Das findest du wohl noch gut? ... Wer soll das wieder sauber machen? ... Das geht gar nicht mehr sauber! ... Was werden die Eltern sagen? ... Was soll ich den Eltern sagen...?", überschreit sich Ralf und gestikuliert mir entgegen. Mit angespannter Sachlichkeit entgegne ich ihm, dass die Kinder gemalt haben, und dass da unten auf dem Fußboden Roberts Bild ist. Mit stampfenden Schritten geht Ralf auf die große Höhle zu und zieht bunte farbverschmierte

Papierblätter heraus. „Wenn DAS für dich malen ist, dann frage ich mich, wo du gelernt hast", höhnt er mir sauer entgegen. „Das fällt unter malen, wenn Kinder mit Farbe experimentieren", erkläre ich mich und füge etwas gereizt hinzu, dass ich dafür sorge, dass alles wieder sauber wird. „Das ist ja wohl auch deine Aufgabe", schimpft er mir gestikulierend entgegen und stampft, immer noch wütend, aus der Halle. Mit den Worten „Ich bin für niemanden zu sprechen", verschwindet er in seinem Büro.

𝒰nterdessen haben die Kinder im Waschraum ihren Spaß beim Saubermachen. „Mit der Farbe an den Finger kann man mit Wasser Wege im Waschbecken machen", findet Kai überrascht heraus. Sebastian, Klaus und Samuel nehmen spontan jeder ein anders Waschbecken und probieren auch Wege zu machen. Lisa, die erst einmal zur Toilette musste, ruft Marie freudig zu, dass sie jetzt ein „Mädchen Klo" gemacht hat, weil es so schön bunt ist. Marie kann aber gerade nicht bei Lisa gucken, da Meira auch Farbenwege machen will, und dafür in die Duschwanne gekrabbelt ist, und mit der angestellten Dusche die Farben abspült. Robert zieht seine Hand aus Maries Hand und geht vorsichtig zu Sebastian ans Waschbecken und lallt: „I..k au." Sebastian rutscht sofort ein Stück zur Seite und macht mit Robert gemeinsam weiter Wege mit der restlichen Farbe von den Händen. Da Meira mittlerweile vollständig nass ist, geht Marie zu Lisa gucken, wie nun so ein buntes „Mädchenklo" aussieht. Mit einem leicht entsetzten aber auch anerkennenden Blick zu Lisa, stellt Marie fest, dass es schön aussieht, aber leider nicht so bleiben kann. Etwas enttäuscht fragt sie: „ Nur heute…?", Marie nickt und denkt sich: ‚das kriegen wir sowieso nicht so schnell sauber.'
Nachdem Ralf in seinem Büro verschwunden ist, habe ich das „Kinderkunstwerk" fotografiert und danach die Halle abgeschlossen. Noch nicht ganz im Waschraum angekommen, freut sich Marie mir entgegen, wie kreativ die Kinder mit den Farben umgehen. Selbst Robert hat seinen Spaß, zeigt sie mir. Völlig konzentriert schaut Robert ins Waschbecken und versucht mit dem Finger die Farbenwege von Sebastian nachzugehen. Marie und ich sehen uns überrascht an und stellen fest, dass Robert etwas sehen kann. „Mehhhr bau", haucht

Robert zu Sebastian. Sebastian nickt und fragt Lisa, ob er etwas Blau von ihrem Arm haben darf. Lisa hält bereitwillig ihren Arm hin und Robert geht ganz dicht mit dem Gesicht an Lisas Arm und wischt das Blau mit dem Finger ab, um damit eine Autobahn im Waschbecken zu machen, wie Sebastian den Weg kommentiert. „Das ist spannend", flüstere ich und Marie nickt.

„Das sieht ja kreativ aus!" höre ich es leise neben mir sagen und drehe mich um. Marianne steht aufmerksam schauend neben mir und fragt spontan, ob sie etwas helfen könne. Marie und ich nicken dankbar. Mit der Hilfe von Marianne, sind die Kinder schnell von der Farbe befreit und haben wieder trockene und saubere Kleidung aus ihrem Wechselsachen-Vorrat an. Jedes der sieben Kinder bekommt von mir seine Tüte mit der schmutzigen Wäsche in die Hand, mit dem Worten: „Bringt das bitte an euren Hacken in der Garderobe." Stolz nehmen sie ihre Tüten entgegen. Lisa sieht Meira mit der großen Tüte knien und bietet ihr an, ihre mitzunehmen. Aber Meira will sie alleine wegbringen und krabbelt mit der großen Tüte in die Garderobe. Auch Robert versucht es alleine und geht mit einer Hand an der Wand hinter Kai her. Kai geht ganz langsam vor und warnt ihn vor Hindernissen. Im Flur stehend, beobachte ich das Geschehen und habe ein gutes Gefühl dabei. Marianne, die absolut praktisch veranlagt ist, hat in Nullkomma-nichts den Waschraum wieder sauber, so dass die anderen Kinder ihn wieder benutzen können. Nur das „Mädchenklo" überlässt sie dem Reinigungspersonal. Ich bedanke mich bei ihr für die spontane und schnelle Hilfe. Mit einem herzlichen: „Gern geschehen", geht sie weiter in die Garderobe zu ihren Kindern. Robert ist mit Kais Hilfe auch in der Garderobe angekommen und versucht seine Tüte an seinem Hacken aufzuhängen. Meira astet noch mit ihrer Tüte im Eingang zur Garderobe, als ihre Mutter zum Abholen kommt. Sophie-Amanda läuft zügigen Schrittes zu ihrer Tochter, hebt sie auf den Arm und schimpft über die Kleidung, die sie an hat. Meira sieht ihre Mutter an und will etwas sagen, doch ihre Mutter schimpft schon weiter: „Kann hier keiner für meine Tochter die Tüte tragen, müssen das die Kinder hier schon alleine machen? Wieso sind die Sachen von ihr nass und mit Farbe verschmiert? Passt hier denn keiner auf? Das geht zu weit!" Im Flur stehend versuche ich etwas zu sagen, komme aber nicht zu Wort. Im Augenwinkel sehe ich wie im Büro das Licht ausgeht. Auch Rosa ist sauer, weil sie beim Ankommen sehen musste, wie ihr Sohn immer wieder versuchte seine Tüte an seinen Hacken zu hängen. „Robert mein kleiner Prinz", säuselt sie ihrem Sohn zu, „ich nehm dir das ab." Mit einem Blick in die Tüte, versteinert sich ihr Gesicht und sie bringt mit gepresster Stimme nur noch hervor, dass das sofort mit Ralf geklärt werden muss. Sophie-Amanda nickt ihr zustimmend zu und dreht sich zum dunklen Büro um. „So…, das ist ja klar, dass so etwas nur passiert wenn Ralf nicht da ist!" Marianne, die mit ihren Kindern fertig zum Gehen ist, sagt zu den beiden Müttern mit einen Lächeln im Gesicht: „Die Kinder hatten beim Wasserfarbenspiel richtig viel Spaß." Und verlässt mit zwei an der Hand hüpfenden Kindern die Kinderwelt. Als laut „Lara" aus dem Spielzimmer ertönt, verabschiede ich mich kurz aber höflich von den Müttern und gehe zügigen Schrittes ins Spielzimmer. Marie grinst mich an, und ich bedanke mich für den Ruf. In der Garderobe aber wird weiter über die Vorkommnisse diskutiert, bis Meira laut schreit, weil sie unbedingt ihr nasses und schmutziges Lieblingskleid wieder anziehen will. Da Meira sich nicht so einfach beruhigen lässt, verspricht ihre Mutter, ihr sofort ein neues Kleid zu kaufen und geht, mit ihrer trotzig weinenden Tochter auf dem Arm, zum Auto. Nachdem Rosa Robert fertig angezogen hat, ist sie für heute die letzte Mutter, die geht. Kaum dass Rosa aus der Tür ist, geht das Licht im Büro an und Ralf kommt mir entgegen. „Was ist mit der Halle?", fragt er angespannt. „Die mache ich morgen mit den sieben Kinder gemeinsam sauber", antworte ich mit nachdrücklicher Überzeugung, so dass Ralf wieder einmal, ohne ein weiteres Wort, in seinem Büro verschwindet. Mit meiner Jacke über dem Arm gehe ich an der Garderobe vorbei und sehe, dass Meiras Tüte noch an ihrem Hacken hängt. ‚Unglaublich', denke ich und mache für heute Feierabend.

Nicht weit von der Kinderwelt entfernt, wohnen Lisa und Kai gemeinsam mit ihren Eltern und ihrem Großvater in einem sanierten Bauernhaus von 1900. Das Anwesen wirkt einfach und doch strahlt es Charme und Behaglichkeit aus. Lisa und Kai haben ein gemeinsames Spielzimmer und jeder sein eigenes Schlafzimmer. Am liebsten schlafen sie jedoch gemeinsam im Spielzimmer. In der Wohnküche gibt es einen Holzofen, der das ganze Haus heizt. Das Holz für den Ofen und den Kamin macht der Großvater. Der hat eine ganz kleine

Wohnung mit im Haus, so erklären es die Zwillinge immer, wenn sie von ihrem Großvater erzählen.

Beim gemeinsamen Abendessen in der Wohnküche, am runden Holztisch, erzählen Lisa und Kai von der tollen Zaubereigeschichte, die Irene vorgelesen hat. Kai gesteht seinem Großvater leise, dass er den Zauberer ein wenig gruselig gefunden hat. Daraufhin nimmt der Großvater seine Hand und sagt: „Sonst wäre die Geschichte doch auch nicht so spannend gewesen!" Kai nickt ihm zu und verfolgt Lisas Erzählung aufmerksam. „… Ja und dann ist die gelbe Farbe auf den Boden gefallen, und dann hat Robert grün gekleckst, und dann Lila, das waren die Blumen." „Und das sah richtig Toll aus", fügt Kai hinzu. Mario, der Vater der Zwillinge, fragt die Kinder skeptisch, ob sie sich das nicht vielleicht nur ausgedacht haben. Denn dass die Kinder mit Farben in der Halle auf den Boden malen dürfen, kann er sich beim besten Willen nicht vorstellen. Beide schütteln einheitlich mit dem Kopf.

Da Lisa und Kai aufgegessen haben, erlaubt Marianne ihnen aufzustehen und wendet sich gleich wieder ihrem Mann Mario zu. Während Marianne ihr Erlebnis von heute in der Kinderwelt erzählt, spielen die Zwillinge in der Ofenecke mit ihrer Holzeisenbahn. Die Erwachsenen reden noch lange über Robert; über das Sehen; und das Meiras Mutter richtig wütend war.

Nachdem Mario und Marianne am Abend ihre Kinder mit einem „Gute Nacht" liebevoll zu Bett gebracht haben, kann Lisa trotzdem nicht einschlafen. Daher geht sie kurzentschlossen rüber zu Kai. Spontan nehmen beide ihr Bettzeug und legen sich im Spielzimmer auf die Matratzen. Es ist ganz dunkel im Spielzimmer und Lisa versucht die Lampe an der Decke zu erkennen. Leise zu Kai meint sie: „Kannst du die Lampe sehen?" Kai strengt sich richtig an um etwas zu sehen, aber auch wenn er die Augen weit aufmacht kann er sie nicht sehen. „Nein, ich sehe sie nicht", antwortet er enttäuscht. „Ich sehe sie auch nicht", gibt Lisa zu. „Ob das jetzt so ist wie bei Robert?", fragt sie sich laut. Kai schnieft mit der Nase und sagt: „ Das wäre ja blöd, dann sieht er ja nichts. Meinst du das ist das, was Mama heute Abend zu Papa meinte mit: Robert sieht nichts und kann deshalb nicht gut reden?" „Weiß nicht", sagt Lisa leise zu Kai, sie hat ein komisches Gefühl und kuschelt sich dicht an ihren Bruder. Beim Einschlafen merkt sie, dass Kais Gesicht etwas nass ist und dann muss sie auch ein bisschen weinen.

Am nächsten Morgen wacht Kai als Erster auf und weckt seine Schwester. „Lisa komm mit, ich habe eine Idee", lacht er ihr entgegen. Lisa reibt sich die Augen und schaut ihren Bruder verdutzt an. „Komm, wir gehen zu Großvater und leihen uns seine Brille für Robert aus, dann kann Robert heute etwas sehen", erklärt er seiner Schwester. Lisa ist sofort hellauf begeistert und läuft mit. Vor der Tür des Großvaters bleiben sie stehen und klopfen an. Nichts zu ist hören. Sie wissen ja, wenn er da ist, ruft er „Herein", und dann dürfen sie die Tür aufmachen. Sie klopfen noch einmal, doch wieder kein „Herein" vom Großvater. Da ruft auch schon Marianne ihre Kinder zum Frühstück. Kai schaut Lisa an und Lisa nickt, Kai öffnet die Tür zu Großvaters Zimmer, huscht schnell hinein und kommt einen Augenblick später mit einem breiten Grinsen wieder heraus. Sofort machen sie sich auf den Weg zur Küche, doch bevor sie die Küche betreten steckt Kai Großvaters Brille in seinen Rucksack. Lisa flüstert zur eigenen Beruhigung noch schnell zu Kai: „Die haben wir ja nur ausgeliehen." „Lisa, ... Kai", hören sie ihre Mutter jetzt etwas ungeduldiger rufen. Lisa drückt die Küchentür auf und antwortet besonders höflich: „Ja." Nun müssen die Zwillinge sich mit dem Frühstück ganz schön beeilen, sonst kommt Marianne zu spät zur Arbeit.

Nach dem gemeinsamen Frühstück habe ich mit den sieben „Künstlern" von gestern erst einmal die Halle sauber gemacht. Wider Erwarten hatte selbst Meira Spaß am Wischen und Schrubben. Die Papierbilder haben wir mit den Namen der Kinder beschriftet und in der Halle an die Wand geklebt. Während der Wischaktion kam Ralf mindesten drei Mal in die Halle um nachzusehen wie die Arbeit vorangeht, und jedes Mal ging er mit einem ruckartigen Schulterschütteln schnell wieder raus. Nun sind die Kinder, nach vollendeter Tat, mit ihrem Werk zufrieden, und fragen ob sie gleich in der Halle bleiben dürfen um in der großen Höhle zu spielen. Ich kratze mich nachdenklich hinterm rechte Ohr und sage dann etwas zögerlich „... Jaa .., aber ich komme mit ein paar Kindern dazu." „Macht nichts", erwidert Kai freudig. „Wir wollen ja sowieso nur in der großen Höhle spielen. Und schon saust er mit den Worten: „Ich muss nur schnell noch etwas holen!", aus der Halle. Samuel und Klaus sind als erstes in der großen

Höhle und helfen Meira herauf, während Sebastian von unten nachschiebt. Lisa hilft Robert beim Hineinklettern. Sebastian wartet unten auf Kai. „Was hast du da?" ruft er Kai entgegen. Mit einem kurzen „Überraschung!", beantwortet er die Frage und verschwindet, gefolgt von Sebastian, in der großen Höhle. Nicht, dass ich den Kindern da oben nicht traue, jedoch habe ich das Gefühl, dass es besser ist, sie heute nicht zu lange aus den Augen zu lassen und setzte mich mit den drei Kleinsten auf den Krabbelteppich neben der Hochebene.

*N*eugierig schauen die Kinder zu Kai. Lisa legt den Zeigefinger auf den Mund und erklärt, dass die Überraschung für Robert ist. Als Robert seinen Namen hört, streckt er die Hände nach Kai aus. Kai holt vorsichtig Großvaters Brille aus seinem Rucksack und sagt zu Robert: „Die Brille ist nur für heute von meinem Großvater geliehen!" Und Lisa fügt flüsternd zu den anderen schnell hinzu: „Damit Robert heute mal etwas sehen kann." Robert nimmt vorsichtig, beinahe zaghaft, die Brille in die Hand und versucht sie aufzusetzen. Meira hilft ihm. Erwartungsvoll schauen die Kinder Robert an. „Und, kannst du jetzt alles sehen?", fragt Sebastian leise in die Stille. Robert nimmt seine Hand vor die Brille und schüttelt den Kopf. Klaus glaubt, dass es zu dunkel ist und dass er zum Höhleneingang rutschen muss, weil da mehr Licht ist. Die Kinder machen Robert Platz, so dass er zum Höhleneingang krabbeln kann. Wieder schauen die Kinder Robert erwartungsvoll an. Robert bewegt den Kopf von oben nach unten und hin und her. Er nimmt wieder die Hand vor seine Augen und haut dabei fast die Brille von der Nase und schüttelt traurig den Kopf. „Kannst du wirklich … nichts … durch die Brille sehen?", fragt Kai enttäuscht. „N..ei..nnn", gibt Robert von sich und fängt bitterlich an zu weinen. Die Kinder versuchen ihn zu trösten und streichen ihm liebevoll über den Kopf. Aber dadurch wird sein Weinen nur noch lauter. Weil sich das Weinen jetzt fast jämmerlich anhört, lege ich Johanna auf den Krabbelteppich und gehe zur großen Höhle. Als Klaus mich sieht sagt er mir mit erschrockener Stimme, dass sie nichts gemacht haben und Robert von ganz alleine angefangen hat zu weinen. Robert hat sich von mir weggedreht und weint weiter. Ich strecke meine Arme nach ihm hoch und bitte ihn herunter zu kommen. Mit einer Drehung zu mir lässt er sich in meine Arme fallen und weint weiter. Trotz des verzweifelten Weinens, muss ich beim Anblick von Robert lachen. Ein kurzhaariger, dunkelbrauner Kinderkopf mit einem eher altmodisch wirkenden Kassengestell auf der Nase, hat mir dann doch für einen kurzen Moment die Fassung geraubt. Mit ein paar Lachtränen im Gesicht sehe ich in sechs Kindergesichter, die mich erschrocken, aber auch enttäuscht aus dem Höhleneingang ansehen. Mit: „Alles wird gut", versuche ich nicht nur die Kinder in der großen Höhle zu trösten, sondern auch Robert auf meinem Arm. ‚Wie bei jedem Geschrei, wie sollte es auch anders sein', denke ich bei mir, ist natürlich Ralf zur Stelle. Als er Roberts Gesicht sieht, wuselt er sich unkontrolliert durch die Haare und fragt mich, was das nun wieder soll und zeigt kurz auf den weinenden Robert. „Können wir das später in deinem Büro besprechen?", flüstere ich ihm zu. Ralf nickt und fügt noch genervt hinzu: „Aber bevor er abgeholt wird!" Bei diesen Worten dreht er sich um und verlässt kopfschüttelt die Halle. Mit dem weinenden Robert auf dem Arm, habe ich mich auf einen Sitzkasten gesetzt und versuche ihn zu beruhigen. Die anderen Kinder sind nun auch aus der großen Höhle zu mir herunter gekommen und sehen ziemlich bedrückt aus. Auf meine Fragen bekomme ich von den Kindern keine Antwort, nur Lisa meint leise zu mir, dass sie nicht wollten, dass Robert so traurig wird. „Das glaube ich euch gerne", flüstere ich zurück, da das Weinen von Robert gerade weniger geworden ist und er dabei ist einzuschlafen. Vorsichtig lege ich Robert auf eine Spielmatratze, während die Kinder, wie kleine Wachhunde, um ihn herum sitzen. „Ich gehe jetzt zu Ralf ins Büro, wenn etwas ist, sagt mir bitte sofort Bescheid", unterweise ich die Kinder, und nehme Robert noch schnell die Brille ab, bevor ich gehe. Im Büro wartet Ralf schon ungeduldig auf mich. Während meiner Erklärung des Geschehens in der großen Höhle, reibt sich Ralf fortwährend nervös die Hände. Und als ich meine Schilderung mit den Worten, dass ich nicht genau wisse woher die Brille kommt, beende, sieht Ralf mich ratlos an. „Die Kinder haben es ja nur gut gemeint", gibt er hilflos zu und schaut sich die Brille genau an. Nach einem Moment des Schweigens erklärt er mit selten dagewesener Entschlossenheit, dass er heute Nachmittag mit Rosa reden wird. Da ich dem nichts hinzuzufügen habe, stehe ich auf und verlasse das Büro in Richtung Halle. Leise öffne ich die Tür und sehe wie die Sechs immer noch um Robert herum sitzen und ganz leise erzählen. Mit meinem Zeigefinger, zeige ich den Kindern, dass sie zu mir kommen sollen. Zögerlich folgen sie lautlos dieser Aufforderung, und dann gehen wir gemeinsam ins Spielzimmer. Auf einmal zupft Kai mir am Ärmel und murmelt: „Hoffentlich ist unser Großvater nicht böse auf mich, weil ich mir seine Brille für Robert ausgeliehen habe." „Wenn du es ihm erklärst, wird er es bestimmt verstehen", versuche ich Kai Mut zu machen und denke bei mir, dass das also die Überraschung war, von der er gesprochen hat. Zum Mittagessen hat Marie Robert geweckt, aber er war den ganzen Nachmittag traurig und hat sich zurückgezogen. Als Lisa und Meira sich zu ihm in die Kuschelecke setzen lallt er lethargisch, dass er auch sehen will, und dabei kullern ihm dicke Tränen über seine Wangen.

„Heute sind die beiden aber sehr schweigsam", wundert sich Marianne beim Abholen, sagt aber nichts. Erst als ich ihr die Brille gebe, sagt sie zu mir, dass das einiges erklärt, und doch schaut sie mich fragend an. „Ich glaube, das wollen Kai und Lisa dir selber erzählen", entgegne ich ihrem Blick, und die Beiden nicken ihrer Mutter mit gesenktem Kopf zu. Als Lisa und auch Kai fertig angezogen sind, fassen sie ihre Mutter jeder an einer Hand an und dann sprudelt es nur so aus den Beiden heraus: „ Großvater hat nicht aufgemacht …, und … und du hast gerufen … und Robert sollte doch was sehen … und …und…" Marianne hört sich auf dem Nachhauseweg alles genau an. Nachdem die Kinder mit ihrer Erzählung fertig sind, sagt sie mit ernsthafter Stimme, dass sie Großvater die Brille persönlich zurückgeben müssen. Dann lächelt sie ihre beiden Sprösslinge an und meint: „Auf was für Ideen ihr kommt."

Als Rosa die Kinderwelt betritt, wird sie gleich von Ralf abgefangen und gebeten mit ins Büro zukommen. Völlig verdutzt folgt sie Ralf ins Büro, der auch gleich nach dem Schließen der Bürotür zum Thema kommt. „Rosa, pass mal auf, die Kinder haben heute Robert…", Ralf erzählt ihr die ganze Geschichte so wie er sie von mir gehört hat. Rosa ist außer sich vor Entsetzen: „Eine Brille, das kommt gar nicht in Frage, was denken sich die Gören eigentlich dabei, Robert so zu entstellen, kein Wunder, das er so bitterlich geweint hat. Das habe ich alles schon mit ihm besprochen, dass er keine Brille tragen braucht und er mit acht Jahren operiert wird und dann ohne Brille alles sehen kann", erklärt sie, mit sich überschlagener Stimme. Mit völliger Fassungslosigkeit stammelt Ralf: „… und was ist bis dahin?" Rosa stellt sich kerzengera-

de Ralf gegenüber und sagt mit einer Selbstverständlichkeit: „Bis dahin - sehe ich für ihn!" Da Ralf dem im Moment nichts entgegenzusetzen hat, bedankt er sich fürs Gespräch und verabschiedet Rosa, die nach ihrem keinen Prinz rufend das Büro verlässt. Ralf sinkt erschöpft auf seinen Stuhl und schaut planlos auf seinen Schreibtisch.
Um Rosa, der man ihre Unzufriedenheit ansieht, aus dem Weg zu gehen, gehe ich zu Ralf um zu hören wie das Gespräch gelaufen ist. Ralf winkt müde ab und gibt mit seiner spartanischen Wortwahl kurz das Gespräch wieder. „UND?", frage ich erwartungsvoll. „Was – UND?", wiederholt Ralf gereizt mit einem Kopfschütteln und fügt erklärend hinzu: „Das ist allein Elternwille, da kann und will ich nichts machen." Irritiert verlasse ich das Büro und mache für heute Feierabend.

*L*isa und Kai stehen mit der Brille in der Hand vor Großvaters Tür und klopfen an. Ein wenig mulmig ist es den Beiden schon, als der Großvater „Herein" ruft. Mutig gehen beide, Hand in Hand hinein. Sie blieben sehr lange beim Großvater. Und nach dem Gespräch wissen die Zwillinge eine ganze Menge mehr über das Sehen und einer Brille und dass es besser gewesen wäre, wenn sie vorher einen Erwachsenen gefragt hätten. Das Wichtigste jedoch war, dass Großvater nicht böse auf sie war. Und so konnten sie alle zusammen fröhlich am Abendbrottisch erzählen, was sie den Tag über erlebt hatten.

*A*m nächsten Tag ist Robert nicht in die Kinderwelt gekommen. Ich erkläre den Kindern, dass er krank ist. Kai, Sebastian, Klaus, Samuel, Meira und besonders Lisa sind erschrocken über diese Nachricht. Lisa fängt an zu weinen und sagt, dass sie Robert nicht krank machen wollten. Kai nimmt seine Schwester in den Arm und erinnert sie an Großvaters Worte. Lisa schnieft und sagt dann leise, dass er gesagt hat, dass man mit einer Brille nicht „entstaht" wird. Kai hilft ihr sofort weiter und ergänzt: „Entstellt wird!" Lisa nickt, und beendet ihren Satz mit den Worten: „Auch wird man nicht krank, wenn einer mal eine falsche Brille aufsetzt." Mit einem anerkennenden Blick zu den

Zwillingen bestätige ich die Erklärung von Lisa. Um die Sechs etwas aufzumuntern schlage ich ihnen vor, etwas draußen zu spielen. Meira sieht nicht begeistert aus, aber als ich ihr das Rolldreirad in Aussicht stelle, findet sie die Idee auch gut. Während ich ins Spielzimmer gehe, hilft die Praktikantin den Kindern beim Anziehen. Sebastian darf den Schlüssel für den Schuppen aus dem Büro holen. Da Ralf den Schlüssel nicht gleich findet, versucht er Zeit zu gewinnen, indem er nach dem Grund fragt. Aber auch nach Sebastians Antwort, sieht er den Schlüssel nicht und schickt ihn mit der Antwort, dass er den Schlüssel nicht hat, weg. Schnurstracks kommt Sebastian zu mir gelaufen und erklärt, dass Meira kein Rolldreirad haben kann, weil Ralf den Schlüssel für den Schuppen nicht hat. „Hat er nicht?", frage ich verdutzt zurück und Sebastian schüttelt entäuscht den Kopf. Mit zügigem Schritt gehe ich, an den wartenden Kindern im Flur vorbei, ins Büro. Zielstrebig greife ich ans Schlüsselbrett über Ralfs Schreibtisch und nehme den Schuppenschlüssel ab. Mit der Bemerkung, dass es nicht schlimm ist, gebe ich Sebastian den heiß ersehnten Schlüssel. Der nun mit dem Schlüssel in der Hand schwenkenderweise zu den Anderen läuft. Als die Praktikantin mit Meira auf dem Arm draußen ankommt, steht das Rolldreirad schon für sie bereit. Sofort fängt Lisa an Meira um die Sandkiste und den Ballplatz zu schieben. Die Jungs stehen derweil am Zaun und versuchen mit Eicheln aus dem Vorjahr in den Mülleimer auf dem Gehweg zu treffen. Klaus ist der Erste, der keine Eicheln mehr hat und spricht einen alten Mann an: „Kannst du uns bitte die Eicheln wieder rüber geben?" Mühselig bückt sich der alte Mann und sammelt den Kindern nicht nur ihre geworfenen Eicheln, sondern auch noch die Umliegenden auf. Höflich bedanken sich die Jungs. Doch bevor sie wieder anfangen können zu werfen, ruft Lisa den Jungs zu, dass sie nicht über den Zaun sprechen dürfen. „Das… habe ich mir gedacht", erwidert der alte Mann und legt den Finger auf den Mund und meint: „Muss ja keiner erfahren, ich habe früher auch im Kindergarten gearbeitet, wo die Kinder nicht mit Fremden über den Zaun reden durften." Und mit flüsternder Stimme fügt er eilig hinzu: „Wenn ich davon erfahren habe mussten die ungehorsamen Kinder reingehen." Meira nickt zustimmend und sagt: „Wenn das hier jemand von den Erwachsenen sieht, müssen wir das auch." „Na dann gehe ich mal lieber weiter, ich wollte sowieso schon lange beim Optiker sein", sagt er und winkt den Kindern noch einmal zaghaft mit der linken Hand zu. „Ok-ti-per?", wiederholt Samuel und sieht die Jungs fragend an. „Was ist denn das?", fragt er noch einmal. Die anderen Jungs schütteln den Kopf und Sebastian zuckt gleichzeitig mit den Schultern. Meira stützt sich auf dem Rolldreirad hoch und sieht Samuel in die Augen. „Ich habe das Wort schon öfter gehört, … ist irgendetwas mit schicken Brillen. Meine Mama geht da immer hin", erklärt sie mit einem nachdenklichen Blick. „Boah…, du bist ja so groß wie ich", stellt Samuel anerkennend zu Meira fest. Kai schaut Lisa an und fragt sie, ob der Großvater gestern auch das Wort gesagt hat. Lisa schiebt ihre Unterlippe nach vorne und zuckt die Schultern. „Also, … wenn wir genau wissen wollen, was das ist, brauchen wir doch nur hier warten, bis der alte Mann zurück kommt", stellt Klaus mit einem erwartungsvollen Blick zu den andern fest. Lisa nickt Klaus zustimmend zu und bietet sich an, Meira wieder um die Sandkiste zu schieben, während die Jungs auf den alten Mann am Zaun warten. Meira macht noch schnell ein „Mundabschließ-Zeichen" zu den vieren, bevor Lisa sie losschiebt.

Zum Warten, haben sich die Vier hinter dem Haselnussbusch versteckt. Nachdem alle Eicheln wieder über den Zaun geworfen sind, spielen sie wartenderweise „Ich sehe was, was du nicht siehst." Lisa hat Meira nun schon dreimal um die Sandkiste geschoben, aber der alte Mann ist nicht zu sehen. Als Lisa mit Meira an der Eingangstür angekommen ist, sagt Lisa, dass sie schnell mal zur Toilette geht und dann gleich wieder kommt. „Ich warte hier auf dich!", ruft Meira ihr hinterher und lehnt sich entspannt an die Rückenlehne. Doch als Meira den alten Mann am Zaun entdeckt, nimmt sie den Lenker fest in ihre Hände und stößt sich mit beiden Füßen vom Boden ab und kommt dadurch zügig Richtung Zaun. Schon beim Vorbeigehen am Flurfenster sieht auch Lisa den alten Mann. Obwohl die Kinder im Haus nicht rennen dürfen, flitz sie los. Sie holt Meira kurz vor dem Zaun ein und schiebt sie das restliche Stück zu den Jungs. Mit hochrotem Kopf kommen beide am Zaun zum Stehen. „Ihr seid ja immer noch hier", flüstert der alte Mann den Kindern leise zu. Meira macht den Mund auf um zu fragen, aber sie bekommt keinen Ton heraus, sie ist noch völlig außer Atem. Da Klaus das Wort nicht mehr einfällt, fragt er einfach: „Wo warst du?" Verdutzt guckt der alte Mann die Kinder über seine Brille an. „Beim Optiker und anschließend noch beim Bäcker. Warum fragt ihr?", fragt er etwas zögerlich. Kai schaut sich flüchtig nach der Eingangstür um, und erklärt, dass sie nicht wissen ob der O..pkieker etwas mit Brillen zu tun hat. Der alte Mann lächelt freundlich und sagt erklärend: „Ja beim OPTIKER kann man Brillen kaufen. - Na, wer hat die Wette jetzt gewonnen?", fragt er schmunzelnd und setzt seinen Weg fort. „Wo ist dieser Op... äh... Laden denn?", ruft ihn Sebastian fragend hinterher. Der alte Mann bleibt noch einmal stehen und zeigt in die Richtung aus der er gekommen ist. Als ich die Kinder zum Mittagessen rufen will, sehe ich die Kinder am Zaun stehen und gehe zu ihnen. „Ihr redet doch nicht etwa über den Zaun mit fremden Menschen?", frage ich nach. Alle schütteln den Kopf. Zu den Kindern gewandt sage ich, dass wir jetzt gleich zum Mittagessen wollen. Und trotzdem schaue ich noch einmal über den Zaun, während sich die Kinder auf den Weg nach drinnen machen. Ich sehe aber nichts weiter, außer einem alten Mann der langsam seinen Weg geht. Während die Jungs schon beim Ausziehen sind, schiebt Lisa Meira eifrig zur Tür. Im Vorbeigehen höre ich Meira zu Lisa sagen: „Ups... das war knapp!" Mit hochgezogenen Augenbrauen bleibe ich stehen und sehe die beiden Mädchen ernst an. Meira sieht kurz Lisa an und erklärt mir dann glaubhaft, dass sie beinahe vom Rolldreirad gefallen wäre. An der Eingangstür nehme ich Meira auf dem Arm mit ins Haus, und wenig später sitzen alle Kinder gemeinsamen beim Mittagessen, welches Ralf austeilt. Als Ralf sieht, das Meira schon aufgegessen hat, geht er zu ihr hin und füllt ihr wie immer noch eine Portion auf. Meira fängt sofort an zu schreien und schiebt den Teller von sich weg. Ralf schaut sie ärgerlich an und sagt mit monotoner Stimme, dass sie, wenn sie aufgegessen hat, ja noch mehr bekommen kann, bis sie satt ist. Doch Meira bockt weiter. Als ich mich zu ihr hinhocke und Meira anspreche, verdreht Ralf seine Augen, sagt aber nichts. „Meira was ist los?", frage ich sie ruhig aber bestimmt. Doch sie dreht den Kopf von mir weg und sieht zu Lisa herüber. In dem Moment, als ich über ihren Kopf streichle, sagt sie schluchzend zu mir, dass Lisa auch nur eine Portion essen muss. Irritiert sehe ich in ihr tränenüberströmtes Gesicht und erkläre ihr, dass sie das nicht essen muss, wenn sie nicht möchte. Sie darf, wie alle anderen Kinder, „Stopp", oder „Nein danke" sagen. Mit diesen Worten räume ich Meiras Teller ab. Ralf, der alles beobachtet hat, geht auf Meira zu und fühlt ihre Stirn. „Heiß ist sie nicht", stellt er verunsichert fest und fragt sie besorgt, ob es ihr nicht gut gehe, oder ob sie lieber nach Hause will, oder .... Ich stoppe Ralfs Fragen mit der Feststellung, dass Meira heute nicht mehr essen möchte. Verwirrt guckt er mich an und entgegnet stockend: „Na wenn du meinst. Aber Sophie-Amanda erklärst du das." Mit einem Nicken wende ich mich von Ralf ab, und Meira beruhigt sich langsam wieder, als sie merkt, dass sie wirklich nichts mehr essen muss. Den Nachmittag verbringen die größeren Kinder mit der Praktikantin in der Halle. Sie hat, wie Samuel sagt, mindesten tausend Bälle zum Spielen aus dem Schrank geholt. Das ist für alle ein riesen Spaß. Von dem Kinderlärm gereizt, ist Ralf auf dem Weg in die Halle. Vor der Hallentür treffe ich mit Meiras Brotbox in der Hand auf ihn. Der greift mit einem fast freundlich klingendem: „Danke", nach der Brotbox. „Entschuldigung, das ist Meiras", erwähne ich kurz und stoppe so seinen Griff. Leicht in sich zusammengesunken dreht er sich um und verschwindet wieder in seinem Büro.

*A*m nächsten Tag ist Robert wieder in der Kinderwelt. Obwohl seine sechs Freunde ihn sofort mit in die große Höhle holen, wirkt er traurig. Das ändert sich auch in den nächsten Tagen nicht. „Robert wirkt richtig traurig", stellt Marie mir gegenüber fest. „Ja, überaus Unglücklich, kommt er mir vor", erwidere ich Maries Feststellung. In diesem Moment kommen Sebastian, Kai, Samuel und Klaus lachend auf uns zugelaufen und fragen, ob sie mit Lisa, Meira und Robert in die Halle zum Spielen dürfen. Spontan finde ich das eine gute Idee, jedoch denke ich an die letzten Ereignisse in der Halle und frage nach, was sie dort spielen wollen. Sebastian antwortet direkt: „Wir wollen uns Geschichten erzählen, damit Robert lacht." Und die anderen drei Jungs nicken erwartungsvoll. „Das ist eine schöne Idee", bestätigt Marie das Vorhaben und ich nicke zustimmend. Zufrieden machen sich die Sieben gemeinsam auf den Weg in die Halle.
Die Kinder hocken dicht beieinander in der großen Höhle, als Sebastian anfängt die Geschichte vom „Kunterbunten Joseph" zu erzählen. Das ist die Lieblings Geschichte der Kinder, die kennen sie schon auswendig. Joseph macht nämlich immer das Gegenteil von dem was er soll und wenn dann etwas schiefgeht, sagt er immer: „Tschuldigung, das wollt' ich nicht." Lange hält sich Sebastian nicht mehr an die Originalgeschichte, weil alle Kinder Ideen haben, was Joseph noch so passiert und dann alle im Chor laut rufen:

„Tschuldigung, das wollt' ich nicht." Die Sieben waren so eifrig beschäftigt mit der Geschichte, dass sie mich beim Hereinkommen in die Halle nicht bemerkt haben. Als ich dann meinen Kopf in die große Höhle stecke, schallt es mir lachend entgegen: „Tschuldigung, das wollt' ich nicht." Auch Robert lacht und lallt mit. Mit einem piepsigem: „Tschuldigung, das wollt' ich nicht", verlasse ich die Halle, gefolgt mit den verschiedensten klingenden Rufen: „Tschuldigung, das wollt' ich nicht." „Und?", fragt Marie mich beim Herauskommen. „Tschuldigung, das wollt' ich nicht", antworte ich lachend. „Ich verstehe", lacht Marie zurück und verschwindet mit dunkler Stimme „Tschuldigung, das wollt' ich nicht", im Spielzimmer. Und ich denke bei mir: ‚So einfach die Geschichte auch ist, die Kinder lieben sie und sie zaubert ihnen immer wieder ein Lächeln ins Gesicht.'

In der großen Höhle geht unterdessen das Erzählen munter weiter. Auf einmal ruft Klaus aufgeregt in die Runde, dass er jetzt weiß, was der Joseph macht. Und so erzählt er, dass Joseph mit einem alten Mann über den Zaun redet. Klaus erzählt alles noch einmal genau nach, was die Kinder vor einiger Zeit am Zaun erlebt haben. Als er fast fertig ist, meldet sich Meira, mit beiden Armen wild wedelt, zu Wort. Klaus hält inne und Meira ahmt mich mit der Stimme nach: „Ihr redet doch nicht etwa über den Zaun mit fremden Menschen?" Die Kinder schütteln sich vor Lachen. Auch Robert hat Tränen vom Lachen in seinen Augen, als dann alle gemeinsam rufen: „Tschuldigung, das wollt' ich nicht." Nachdem alle Kinder abgeholt sind, stelle ich zufrieden fest, dass die Eltern heute ziemlich ausgelassene Kinder mit nach Hause genommen haben. Marie meinte zum Schluss noch zu mir, das sie immer wieder **den Satz** in der Garderobe gehört hat. Vor der Tür angekommen verabschieden wir uns lachend mit dem Satz: „Tschuldigung, das wollt' ich nicht." Währenddessen geht Ralf kopfschüttelnd an uns vorbei und hebt nur kurz seine Hand.

*I*n den nächsten Tagen wirkt Robert nicht mehr so entsetzlich traurig. Auch berichtete die Praktikantin, dass sie beobachtet hat, dass Robert selbständig Kontakt zu Meira aufgenommen hat. Meira hat, wie sie findet, sehr geduldig mit Robert kommuniziert. Was sie besprochen oder erzählt haben, konnte die Praktikantin aber nicht wiedergeben.

Marie und ich sind uns einig, dass es Robert gut tut mit den sechs Freunden intensiven Kontakt zu haben. Und somit motivieren wir die Praktikantin unterstützend einzuwirken, wenn Hilfe von Erwachsenen benötigt wird, jedoch sich auch gleichzeitig zurück zunehmen, wenn die Kinder alleine etwas erledigen oder schaffen wollen. Marie bringt es mit der Aussage: „Wir trauen den Kindern etwas zu", auf den Punkt. Im Vorbeigehen kommentiert Ralf die Aussage mit: „Das ist aber nicht im Sinne aller Eltern, vergesst das nur nicht. Ich kann euch da nicht jedes Mal wieder rausreißen", und schon ist er wieder in seinem Büro verschwunden.

*I*rene kommt auf Robert zu und will ihn für eine neue Geschichte interessieren, die sie Samuel und Klaus vorlesen will. Aber Robert möchte nicht, obwohl Kai, Sebastian, Lisa und Meira zum Zuhören mitgehen. Weil Irene ihn nicht zu sehr bedrängen will, fragt sie ihn was er denn lieber machen möchte. Spontan zeigt er in Richtung Fenster und lallt fast verständlich: „ ..fo..es." Irene schaut zum Fenster und hört die Vögel zwitschern. „Willst du den Vögeln zuhören?", fragt sie ein wenig verwundert. Doch Robert nickt energisch, und so hilft sie ihm zum Fenster hin und geht anschließend mit den andern Kindern zur Hochebene aufs Plateau. Robert steht mit gerader Körperhaltung am Fenster und flüstert leise vor sich hin. „Au..ten - au..ke.n - kau..ge.n - kau..wen - kauwen", dabei schüttelt er immer wieder den Kopf. Er flüstert immer weiter vor sich hin, bis er auf einmal ein für ihn lautes „Ja..h", ruft. Erschrocken fragt Irene von oben herunter ob alles in Ordnung ist. Robert antwortet mit seinem: „Ja..h", und somit liest sie den Anderen weiter vor. Robert aber steht stolz am Fenster und flüstert immer wieder vor sich hin: „Kau..fen - kaufen ...", fast so als ob er Angst hat, dass er das Wort wieder vergessen könnte. In den folgenden Tagen sieht man Robert oft am Fenster stehen um den Vögeln flüsternd zuzuhören.

„*H*eute scheint die Sonne sooo.. schön", stellt Lisa beim Frühstück strahlend fest und Meira fragt, ob sie gleich raus gehen dürfen. „Natürlich", stimme ich ihr zu. Es dauert nicht lange bis heute alle

Kinder draußen sind, da sie bei dem schönen Wetter nur ihre Schuhe, Jacke und Mütze anziehen müssen. Robert ist mit einer der Ersten, der fertig angezogen ist und darf schon mal mit Kai und Sebastian raus gehen. Meira, die nicht warten will bis alle Kinder fertig sind, krabbelt auch schon mal los. Vor der Bürotür stoppt sie und ruft ganz laut nach Ralf. Als er seinen Namen so laut hört, springt er erschrocken auf und stößt sich dabei sein Knie am Schreibtisch. Humpelnd öffnet er seine Bürotür und sieht Meira am Boden sitzen. „Was soll das denn schon wieder", ruft er mit Unverständnis in den Flur. Meira sieht ihn mit großen Augen an und sagt erschrocken, das sie nur schon mal den Schuppenschlüssel holen will. Zur Praktikantin gewandt, die schnell dazu gekommen ist, sagt er, dass das so nicht geht. „Meira muss nach draußen gezogen oder getragen werden. Wenn das ihre Mutter sieht, wie sie sich hier über den Fußboden quälen muss, habe ich wieder den größten Ärger im Büro." Bei den letzten Worten von Ralf stoße ich zu den Dreien dazu und sehe die Praktikantin hilflos mit offenem Mund vor ihm stehen. Um den Wortschwall von Ralf nicht noch anzuheizen, erwähne ich nicht, dass Meira nicht warten wollte und deshalb alleine losgezogen ist, was ich nämlich sehr mutig von ihr finde. Mit einem Seitenblick ins Büro sehe ich Meira, wie sie sich gerade am Schreibtisch hochzieht. Als sie sich ganz lang macht, um ans Schlüsselbrett zugelangen, fällt neben ihr ein großer Stapel mit Papier auf den Boden. Jetzt ist es mit Ralfs Geduld wieder einmal vorbei. „Alle - raus hier", schreit er uns an und humpelt zum Schreibtisch. Ich husche schnell an Ralf vorbei und nehme Meira und den Schlüssel, den sie vor Schreck fallengelassen hat, und verlasse das Büro. Vor der Tür steht immer noch die Praktikantin und weiß nicht, was sie sagen soll. Ich nehme sie in meinen freien Arm und sage ihr tröstend, dass man Ralf so nehmen muss, wie er ist. Sie sieht mich erleichter an und nimmt mir den Schuppenschlüssel aus der Hand um für die Kinder das Spielzeug herauszugeben. Draußen wartet Lisa schon sehnsüchtig auf Meira. Samuel und Klaus sind gleich mit der Praktikantin mitgegangen, um für Meira ein Rolldreirad zu organisieren. Das ist nämlich gar nicht so einfach, weil fast alle Kinder gerne damit fahren wollen. Die beiden Jungs halten es krampfhaft fest, obwohl zwei andere Jungs kräftig daran ziehen. Kai und Sebastian kommen mit Robert den Beiden zur Hilfe. Doch bevor sie dazu kommen hilfreich mitzuziehen sagt Robert laut und fast deutlich: „La..ss iehst f..Mei.a!" Spontan lassen die beiden

anderen Jungs überrascht los und sagen wie aus einem Mund: „O.k."
Stolz bringen Samuel und Klaus ihre Beute zu Meira. „Ihr seid die
besten", freut sie sich. „Das waren wir nicht alleine", erklärt Klaus
ehrlich. „Robert hat geholfen", ergänzt Samuel, bevor sie sich
gemeinsam auf den Weg zum Haselnussbusch am Zaun machen, wo
Sebastian und Kai schon auf sie warten. „Wo bleibt ihr denn so lange",
fragt Kai ungeduldig. Meira wedelt mit ihren Armen und erzählt, was sie
bei Ralf erlebt hat. Erst sehen die Kinder Meira erschrocken an, aber
als sie dann kichernd meint, das Ralf jetzt erst mal aufräumen muss,
finden sie das auch lustig und ahmen Ralf beim aufräumen nach. „Ihr
habt ja Spaß", spreche ich die Kinder an. Meira sieht mich an und
kneift die Augen zusammen als sie mit unterdrückter Lautstärke Ralf
nachmacht: „Alleee - raus hier." Die Anderen kichern schon wieder und
ich verlasse die kleine Gruppe mit einem: „Ja, ja." Mitten im
Rumgealber zeigt Samuel zum Zaun und meint leise zu den Anderen:
„Guckt mal, da kommt der alte Mann von neulich." Robert horcht auf
und lallt fragend: „....miet B...iell...e?" Kai antwortet, dass er sich sicher
ist, ob er das ist. Aufgeregt springt Robert jetzt auf und tastet sich
unbeholfen zum Zaun. Die anderen Kinder folgen ihm. Als der alte
Mann die Kinder fast erreicht hat, schaut er zu ihnen hin. Robert hebt
seine Hand und sagt, für ihn gesehen, deutlich: „S..to..ph." Mit
zurückgezogenem Oberkörper bleibt er wie angenagelt stehen und
sieht erwartungsvoll über den Zaun. Robert versucht umständlich
etwas unter seiner Jacke und dem Pullover herauszuziehen. Erst als
Lisa ihm hilft, gelingt es. Es ist ein Portemonnaie mit einem Band zum
Umhängen. Robert gibt dem alten Mann das Portemonnaie und sagt
dabei mit rotem Kopf vor Aufregung und Anstrengung: „H..ie.r G...ellt
bi..tt.ee mier ei..nee B...iell...e", er holt noch einmal tief Luft, „kaufen."
Der alte Mann sieht über seine Brille Robert verwundert an. Meira rettet
die Situation, indem sie ihm erklärt, dass Robert nicht gut sieht und
eine richtige Brille haben möchte. Nun lächelt der alte Mann Robert
aufmunternd an und erklärt ihm, dass er selber zum Optiker muss,
damit die Brille richtig angepasst werden kann. Die Kinder sehen den
alten Mann enttäuscht an, nur Robert nicht, er nimmt sein Portemonnaie wieder entgegen und nachdem er es sich umgehängt hat, sagt er
zufrieden: „Daan..kee." Kopfschüttelnd geht der alte Mann langsam
weiter. „Und nun?", fragt Sebastian immer noch ein wenig traurig.
„Mackt ni..cks", entgegnet Robert und geht vorsichtig zurück zum

Haselnussbusch. Doch bevor sie weiterspielen können, kommt schon die Praktikantin um die Kinder zum Essen zu holen. „Robert was hast du denn da unter deinem Pullover, und warum ist deine Jacke auf?", fragt sie ihn etwas neugierig. Robert fummelt schnell seine Jacke zu und hält dann mit beiden Händen das versteckte Portemonnaie fest, während er undeutlich lallt: „...M.eij...nss." Mit der Antwort gibt sie sich zufrieden und nimmt Meira routinemäßig auf den Arm um sie hineinzutragen. Meira fängt sofort an zu schreien und herumzuzappeln, was ihre Situation auf dem Arm aber nicht verändert. In der Garderobe beim Ausziehen flüstert ihr Lisa leise zu, dass sie nächstes Mal nicht gleich losschreien soll, besser ist es, wenn sie sagt, was sie will. ‚O.k.', denkt Meira und krabbelt zur Praktikantin, die gerade dabei ist Johanna auszuziehen. Um auf sich aufmerksam zu machen, zupft sie am Bein der Praktikantin, die aber darauf nicht reagiert. Meira ärgert sich und hätte fast los geschrien, doch als sie Lisa sieht, holt sie tief Luft und zieht sich mit aller Kraft an der Wickelplatte hoch, auf der Johanna gerade ausgezogen wird. Eigentlich wollte ich der Praktikantin helfen, doch als ich Meira sehe wie sie sich abmüht, um etwas bei der Praktikantin zu erreichen, bleibe ich in der Tür stehen und beobachte was passiert. Meira steht kerzengerade, aber etwas wackelig, an der Wickelplatte und sagt mit angestrengter Stimme: „Lisa darf auch alleine reingehen? Ich will auch!" Und mit einem Plumps lässt sie sich wieder auf den Po fallen. Verwundert antwortet die Praktikantin, dass sie nächstes Mal daran denken will. Zufrieden mit der Antwort krabbelt Meira zum Mittagessen und ich folge ihr.

„Robert, du bist aber heute früh hier", wundere ich mich. Noch bevor er reagieren kann, antwortet Rosa für ihn. „Ja, ich weiß auch nicht, was mit ihm los ist. Heute Morgen um 4 Uhr weinte er schon, dass er in die Kinderwelt wollte. Er hat keine Ruhe gegeben. Deshalb sind wir nun schon da. Aber ich muss auch gleich wieder los, ich habe ja heute Nacht keine Ruhe bekommen, so dass ich mich gleich noch einmal hinlegen muss." Und mit einem: „Tschüss", tätschelt sie über Roberts Kopf und verlässt zügig die Kinderwelt. Robert begleitet mich in das Spielzimmer und nimmt sich zufrieden den dicken Teddy zum Spielen. Fröhlich kommt Marie mit zwei Kindern an der Hand ins Spielzimmer und erzählt mir, dass die bestellte Blumenerde gerade geliefert worden ist. „Dann können wir ja heute die Blumen umtopfen", stelle ich erfreut fest. Und schon stehen alle Kinder um mich herum und wollen helfen. Jedes Kind darf etwas holen, was wir zum Umtopfen benötigen. In dem eifrigen Treiben, erzählt mir Marie, dass sie Ralf gebeten hat, die Blumenerde ins Spielzimmer zu bringen. „Dürfen wir eine Schaufel von draußen holen?", fragen mich die Zwillinge. Ich nicke ihnen zu und schon flitzen beide los. Auf ein Mal steht Ralf mit dunkler Mine in der Tür. „Marie, sollte das ein Scherz mit den Säcken sein? Die sind viel zu schwer, wo ich mir doch gestern mein Knie verletzt habe. Die holt euch mal lieber selber rein", grummelt er und verschwindet aus der Tür. Mit einem: „Ooohh", gehen Marie und ich lachend zum Wirtschaftseingang, nehmen jeder einen Sack Blumenerde und tragen ihn zum Spielzimmer. Als Ralf uns kommen sieht, verschwindet er schnell in seinem Büro. Mitten in der Umtopfaktion fragt Samuel mich, ob er einen Gummibärchenbaum wachsen lassen darf. Mit der Frage, ob das funktionieren kann, erwecke ich noch mehr seinen Ehrgeiz. Da er eine kleine Tüte Gummibärchen dabei hat, erlaube ich es ihm. Robert beteiligt sich nicht am Umtopfen. Bis jetzt sitzt er noch immer in der Kuschelecke und spielt mit dem dicken Teddy. Er wirft ihn immer wieder ein bisschen hoch und versucht ihn zu fangen. Auf einmal gibt er dem Teddy einen Kuss auf die Nase und steht auf. Vorsichtig tastet er sich zur Tür und geht dann langsam weiter in die Garderobe. Dort angekommen zieht er sich seine Schuhe und Jacke an; auch denkt er daran seine Mütze aufzusetzen. Vorsichtig geht er zur Tür, die zum Spielplatz führt. ‚Ein bisschen komisch ist es schon, so ganz alleine auf dem Spielplatz', denkt er sich, aber er nimmt allen Mut zusammen und geht langsam, Schritt für Schritt, zum Zaun. Als er endlich am Zaum angekommen ist, krabbelt er unter der Feuerwehrpforte durch und steht jetzt ganz alleine auf dem Fußweg, wo der alte Mann längsgegangen war.

Lisa, die das vom Fenster aus gesehen hat, rennt sofort zu Kai und flüstert ihm das Gesehene. Kai blickt Lisa ernst an und fragt dann leise, ob sie das ohne Lara und Marie klären wollen. Lisa nickt vorsichtig. Kai sagt Sebastian, Samuel und Klaus, dass sie mitkommen sollen. Lisa nimmt das Seil von Meiras Holzpferd in die Hand und zieht sie damit vom Aktionstisch weg. Gerade will Meira laut protestieren, doch da sieht sie, dass Lisa energisch den Zeigefinger vor den Mund hält. Als ich die beiden an der Spielzimmertür sehe, rufe ich ihnen hinterher: „Wo wollt ihr denn hin?" Schnell antwortet Lisa leise: „Robert holen... ähm...." Mit meiner Handbewegung, die zeigt, dass das in Ordnung ist verschwinden beide durch die Tür. Jetzt hat es Lisa richtig eilig hinter den Jungs hinterherzukommen, denn die sind schon fast am Zaun, als sie den Spielplatz betritt. Meira hilft mit ihren Füßen so gut es geht mit, damit Lisa schneller laufen kann. Die Jungs sind total aufgeregt, als die Mädchen am Zaun ankommen. „Seht nur, Robert ist schon fast an der Straße", sagt Kai mit zitternder Stimme. Sebastian entscheidet, dass sie Robert schnell helfen müssen. Die Kinder haben schon oft gesehen, wie die Erwachsen die Feuerwehrpforte geöffnet haben und probieren es jetzt auch. Kai hebt den schweren Hebel hoch und gleichzeitig drücken Samuel und Sebastian die Pforte auf. Kaum, dass sie durch die Lücke der geöffneten Pforte passen, rennen die Jungs zu Robert. Lisa muss die Pforte noch ein Stückchen weiter öffnen, damit auch Meira mit ihrem Holzpferd durchkommt. Nachdem sie beide hindurch sind, schließt Lisa mit aller Kraft die Pforte und sagt zu sich selbst: „So, damit kein Kind weglaufen kann." Robert, der das erste Mal ganz alleine ein ganzes Stück auf dem Fußweg gegangen ist, hat auf einmal Angst bekommen und sich weinend an den Zaun gelehnt. Kurz darauf haben die Jungs ihn auch schon eingeholt. Die vier stehen hilflos um ihn herum. Meira, die von Weitem schon sieht, dass Robert weint, ruft Lisa zu, dass sie schneller laufen soll. Bei Robert angekommen bittet Meira Kai und Klaus ihr hoch zu helfen. Etwas unsicher halten sie Meira fest, die jetzt wackelig auf Robert zu geht und ihn tröstet: „Das hast du doch gut gemacht, du bist ganz alleine bis hier her gekommen. Und jetzt sind wir da, um dir zu helfen." Die Anderen nicken zustimmend. Sebastian wuschelt sich mit den Händen durch seine fast schulterlangen Haare und fragt zögerlich: „Wo willst du eigentlich hin?" Sofort legt Robert beide Hände auf seinen Oberbauch und antwortet: „Br..ie..l..lee." Noch etwas außer Atem fragt Lisa, ob er sich heute eine Brille kaufen will, die ihm passt. Mit Tränen im Gesicht strahlt er Lisa an und nickt. Daraufhin schaut Kai sich suchend um und zeigt dann auf ein Haus, auf der anderen Straßenseite. „Das muss der Op..., ähm Laden sein", stellt Meira fest, weil über dem großen Fenster eine riesengroße Brille hängt. „Wie kommen wir denn da hin?", fragt Samuel etwas ängstlich. „Ganz einfach", erklärt Kai, „wir gehen über die Ampel." Und Samuel fügt noch hinzu: „Aber nur bei Grün." Doch an der Ampel stehend, ist es für die Kinder doch nicht so einfach über die Straße zu kommen. „Beim nächsten Grün gehen wir", bestimmt Meira. Doch keiner traut sich zu gehen. Erst als eine Frau mit einem Kinderwagen bei Grün losgeht, folgen die Kinder mutig, indem Klaus und Samuel Robert anfassen und Kai mit Sebastian Lisa helfen, Meira über die Straße zu schieben.

Vor dem großen Fenster bleiben die Kinder stehen, und zeigen Robert die vielen Brillen, die zu sehen sind. Robert geht ganz dicht mit seinem Gesicht an die Scheibe und stößt sich dabei die Nase. Er zuckt zurück und fühlt vorsichtig mit den Händen die Scheibe, um dann noch ein Mal mit dem Kopf dicht an die Scheibe zu gehen. So bleibt er ein eine ganze Weile stehen und bewegt seinen Kopf langsam hin und her, bis er mit dem rechten Zeigefinger an die Scheibe drückt und: „Da", sagt. Eifrig tastet er sich an der Scheibe weiter bis zur Eingangstür. Die Anderen folgen ihm schweigend. An der Tür fragt Lisa, ob sie mit hinein kommen sollen. Robert greift Lisas Arm und sagt fast flehend: „Jaah." Daraufhin öffnet Sebastian die Eingangstür und hält sie für alle auf. Meira ist die letzte, da sie erst von ihrem Holzpferd rutschen musste und dann in den Laden gekrabbelt ist. Kai und Klaus helfen Meira hoch, und so stehen sieben Kinder erwartungsvoll vor einer älteren Dame, die freundlich fragt: „Na, was kann ich denn für euch tun?" Jetzt schieben Samuel und Sebastian Robert vor. Mit zitternden Händen versucht Robert wieder sein Portemonnaie hervorzuziehen, und verhakt sich mit dem Band an einem Knopf und dem Reisverschluss seiner Jacke. Lisa entknotet das Durcheinander und gibt ihm das Portemonnaie in die Hand. Entschlossen reicht Robert der Dame sein Portemonnaie und sagt langsam: „Bri..l..lee kaufen." Verwundert sieht die Dame Robert an, und fragt: „Warum?" Da erklärt Meira Roberts Vorhaben. Kopfschüttelnd sagt sie lächelnd daraufhin: „So geht das aber nicht." Lisa ist entsetzt und sagt mit tränenerstickter Stimme, dass das doch geht, weil der alte Mann vom Zaun das gesagt hat. Auch die anderen Kinder sehen die Dame enttäuscht an. Robert laufen die Tränen übers Gesicht und mit beiden Händen hält er krampfhaft sein Portemonnaie fest. Während des Gespräches haben sich auch die anderen beiden Damen aus dem Laden dazugesellt und sehen ihre Kollegin hilflos an. Der kommt die ganze Geschichte so unvorstellbar vor, dass sie die enttäuschten Kinder nicht einfach wieder wegschicken will, und bittet sie mit in die Spielecke zu kommen.

Schweigend setzen sie sich auf den grünen Teppich und nehmen den Bonbon, den die Dame jedem zur Aufmunterung gibt, in die Hand, jadoch keiner isst ihn. „Wo kommt ihr denn her?", fragt sie vorsichtig, „Oder wer schickt euch?" Aber keiner will darauf antworten, sie sehen sich nur hilflos an.

Inzwischen ist der alte Mann, der die Kinder auf seinem alltäglichen Spaziergang beobachtet hat, auch beim Optiker angekommen. Er klopft vorsichtig an die Schaufensterscheibe und winkt eine Verkäuferin heraus. Kopfschüttelnd geht eine der beiden anderen Damen zu dem alten Mann hinaus. „Sind bei ihnen sieben kleine Kinder im Laden?", fragt er lächelnd mit dem Blick auf Meiras Holzpferd, das vor der Tür steht. „Ja, kennen sie die?", fragt sie gespannt zurück. Der alte Mann lächelt immer noch und erklärt, dass er weiß woher sie kommen, und auch was sie wollen. „Dann können sie ja mal mit den Kindern reden", entgegnet sie erfreut. Doch da schüttelt er energisch den Kopf und erklärt ihr, dass die Kinder wohl gerade ihr größtes Abenteuer erleben, und dass es ganz viel Mut und Zusammengehörigkeitsgefühl braucht um so weit zu kommen und weist mit einer Handbewegung auf das Holzpferd. Nachdenklich schaut die Dame ihn an, als er sich bereit erklärt in der Kinderwelt Bescheid zu sagen, wo die Kinder jetzt sind. Dankbar für das Angebot geht die Dame wieder in den Laden, und der alte Mann geht in Richtung Kinderwelt.

„*W*as habe ich da nur angerichtet?", amüsiert er sich und macht sich, so zügig er kann, auf den Weg zur Kinderwelt. Da die Tür zur Kinderwelt verschlossen ist, klingelt er und wartet. Erst nachdem er sturmklingelt, öffnet Ralf die Tür einen Spalt und sagt sofort, dass er keine Zeit hat und will sie sofort wieder schließen. Doch der alte Mann hält energisch dagegen. „Was, ...?", fragt Ralf ungehalten. „Wir haben hier jetzt ein ganz anderes Problem, kommen sie einfach später noch einmal wieder", entgegnet er unwirsch dem hartnäckigen Mann. Der sieht Ralf fest in die Augen und schmunzelnd fragt er: „Suchen sie vielleicht gerade sieben Kinder?" Ralf lässt von der Tür ab und fragt mit versteinerter Miene, woher er das wisse. Marie, die das gerade von dem alten Mann mitgehört hat, dreht ihren Kopf zum Flur und schreit nach mir. Völlig außer mir, laufe ich zu Marie hin und frage der

Verzweiflung nahe, was denn jetzt schon wieder ist. Da sieht mich der alte Mann weise an und erklärt ganz kurz, wo die sieben Kinder sind. Mit einem kurzen: „Danke", will ich an ihm vorbei, doch da hält er mich am Arm bestimmt zurück und sagt: „Den Kindern geht es gut, und sie werden dort gut betreut. Ich würde ihnen dazu gerne etwas erzählen, bevor sie überstürzt dort hinlaufen und handeln." Etwas widerwillig bitte ich ihn in Ralfs Büro, wo er mir alles erzählt, was er in letzter Zeit erlebt und gesehen hat. Zwischenzeitlich hat Marie die Telefonnummer des Optikers herausgesucht und sie mir auf einem kleinen Zettel gegeben. Schnell bin ich mit dem alten Mann gleicher Meinung, was jetzt zu tun ist und mit einem Blick zu Ralf hoffe ich auf seine Zustimmung. „Wenn du das machst, ...dann musst du das alleine bei den Eltern verantworten, Lara. Ich ...weiß von nichts", erklärt Ralf mit Nachdruck und verlässt humpelnd sein Büro. Sofort greife ich zum Telefonhörer und rufe beim Optiker an. Mit zustimmendem Blick des alten Mannes erkläre ich der Verkäuferin, welche gerade die Kinder betreut, die Geschichte von Robert und bitte sie um Mithilfe. Nachdenklich, aber auch erleichtert, antwortet die Optikerin: „Das Auftreten der Kinder im Laden kam mir so unvorstellbar vor, das mir von Anfang an klar war, dass da etwas sehr Ernsthaftes hinter steckt. Gut, ... Ich habe eine Lösung, wie wir das für die Kinder gut hinbekommen, und ja, ... ihre Idee ist gut." Beruhigt und auch erleichtert bedanke ich mich für ihr Verständnis und ihre Mithilfe. Mühsam steht der alte Mann aus dem weichen Sessel auf und verabschiedet sich mit einem charmanten Lächeln um seinen begonnenen, alltäglichen Spaziergang fortzusetzen.

*I*n der Spielecke des Optikers ist Lisa derweil dicht zu Kai gerutscht, als die Optikerin zum Telefon gerufen wurde. „Was machen wir jetzt", fragt Kai leise und sieht dabei zum weinenden Robert rüber. Samuel und Klaus sind schon eine ganze Weile dabei ihn zu trösten, indem sie über seinen Kopf streicheln. Aber ohne Erfolg. „Das hilft doch immer, wenn Lara das bei uns macht", flüstert Klaus unverständlich. „Vielleicht können wir das nur nicht so gut wie sie", entgegnet Samuel, als die Optikerin sich wieder in die Spielecke zu den Kindern setzt. „Entschuldigung, aber das war wichtig", erklärt sie den Kindern und sagt mit freundlicher Stimme, dass sie jetzt wieder Zeit für sie hat. Um mit den traurigen Kindern ins Gespräch zu kommen, fragt sie jedes Kind nach dem Namen. Alle Kinder antworten, nur Robert nicht, der immer noch leise weint. Meira erklärt, dass er nie antwortet, wenn er nach seinem Namen gefragt wird. Die Optikerin dreht sich zu Robert hin und reicht ihm ihre Hand, während sie deutlich sagt: „Ich heiße Anne." Daraufhin sieht Robert sie mit verweintem Gesicht an und reicht ihr seine Hand, dabei nuschelt er etwas vor sich hin. Nun fragt Anne, in die Runde blickend, wer denn auf die Idee mit der Brille gekommen ist. Wie von Marionettenfäden gezogen zeigen alle auf Robert. „Ach so, warum willst du denn eine Brille haben?", fragt sie ihn ernsthaft interessiert. „...Seh..hn", bemüht sich Robert deutlich zu sagen. Das kann Anne gut verstehen und fragt gleich nach, was er denn erkennen kann. Robert blickt hoch und sieht sich um, während die anderen Kinder ihn gespannt beobachten. Mit weit offenen Augen und mit den verschiedensten Kopfbewegungen versucht er zu sehen, aber dann sackt er in sich zusammen und fängt wieder an zu weinen. Auch durch die anderen Kinder geht wieder ein trauriger Ruck. Anne legt nachdenklich ihren Finger an den Mund und fragt Robert mit ruhiger Stimme: „Kennst du ein Auto?" Zögerlich nickt Robert und wiederholt: „Au...toh." Anne sucht aus der Spielkiste, die neben ihr steht, ein Auto heraus. Das hält sie ihm hin und fragt was das ist. Robert kneift die Augen zusammen, geht mit dem Kopf nach vorne und nimmt ihr das Auto aus der Hand. Er hält es dicht vor seine Augen und fühlt noch einmal genau mit seinen Händen, bevor er antwortet, dass es ein VW-Auto ist. Etwas irritiert sieht Anne sich das Auto noch einmal genau an und bestätigt seine Antwort. Jetzt möchte Anne von ihm wissen, was er von wo aus sieht und erklärt, dass er, wenn er etwas gut erkennt, nur das Auto hoch halten soll. Gespannt schauen die anderen Kinder Robert dabei zu. Lisa hat vor lauter Aufregung ganz rote Wangen bekommen. Nach vielen verschiedenen Bildern, die Anne Robert gezeigt hat, erklärt sie ihm, dass wenn er jetzt wirklich eine Brille haben will, noch einmal mutig sein muss. Robert nickt etwas verhalten. Daraufhin nimmt sie Robert an die Hand und sagt zu den andern Kindern: „Ich mache jetzt mit Robert noch einen anderen Sehtest, solange dürft ihr hier spielen." Da ruft Meira ihm aufmunternd hinterher: „Wir warten hier auf dich."

Es dauerte ziemlich lange, bis Anne mit Robert wieder zur Spielecke kommt. Aber dann geht alles ganz schnell. Nachdem ein junger Mann Anne eine Brille gibt, setzt sie diese Robert gleich auf und stellt sie so ein, dass sie gut sitzt. Robert dreht sich zu seinen Freunden um und sieht glücklich aus. „Jetzt kann Robert auch sehen!", ruft Meira freudig durch den Laden. Die anderen klatschen vor Freude in die Hände. Robert wird rot. Anne hockt sich vor ihm hin und sagt, dass er zum Anfang die Brille nicht zu lange aufhaben darf, damit sich seine Augen langsam daran gewöhnen können. Dankbar gibt Robert Anne sein Portemonnaie und sagt: „...Be..sahh..henn." Anne nimmt ein Geldstück heraus und schreib ihm eine Quittung, die sie ins Portemonnaie steckt. Dann hilft Lisa ihm das Portemonnaie wieder umzuhängen, während Anne die Brille in ein festes Etui verpackt und in seiner Jackentasche verstaut. Sebastian und Kai haben in der Zwischenzeit Meira geholfen zum Verkaufstresen zu kommen. Klaus und Samuel stehen dicht neben Robert, als Lisa feststellt, dass der alte Mann doch Recht hatte. Anne lächelt und fragt die Kinder, ob sie alleine zurück kommen. Sebastian antwortet erschrocken, mit: „Ja", und Kai fügt selbstbewusst hinzu, dass sie den Weg kennen. Zufrieden machen sich die sieben Freunde auf den Rückweg. An der Ampel klappt es dieses Mal schon viel besser. Vielleicht liegt das aber auch nur daran, weil mehrere Leute dort stehen und bei Grün losgehen. Auf dem ganzen Rückweg hält Robert seine linke Hand an die Jackentasche um sein Etui zu fühlen. Da die Feuerwehrpforte nicht eingerastet ist, bekommt Kai sie alleine auf und lässt die Kinder hindurch. Dann hilft Sebastian Kai die Pforte zu verriegeln. Nachdem der alte Mann gesehen hat, dass die Kinder wieder auf dem Grundstück der Kinderwelt angekommen sind, setzt er langsam seinen Weg fort.

Marie sieht mit einem Seitenblick, beim Vorbeigehen am Fenster des Spielzimmers, die sieben Kinder an der Feuerwehrpforte und sagt zu mir, dass die Kinder wieder da sind. Erleichtert sehe ich aus dem Fenster und beobachte, wie sie das Haus betreten. Auf dem Flur kurz vor der Garderobe treffen die Sieben auf Ralf, der vor ihnen stehen bleibt und seine Hände in die Hüfte stemmt. Etwas verlegen sehen sie ihn an, und Kai erklärt mit etwas wackeliger Stimme, dass sie nur Robert geholfen haben. Mit verdutzten Blick rutschen Ralfs Hände von der Hüfte und schlackern leicht hin und her, während er mit gepresster Stimme sagt: „Das klärt mal mit Lara." Schnell huschen sie an Ralf vorbei in die Garderobe, wo Lisa meint, dass sie am besten Lara alles erzählen. „...Ei..n, n..ei..n", lallt Robert und fängt sofort an zu weinen, während er seine Hände auf die linke Jackentasche drückt. „Wir verraten nichts von deiner neuen Brille", verspricht Sebastian und alle anderen stimmen zu. „Da seid ihr ja!", stelle ich mit festem Blick, aber mit freundlicher Stimme fest, als ich in die Garderobe gucke. Wie von einem Magnet angezogen blicken die Kinder überrascht zu mir. Dann lässt sich Robert weinend auf den Boden neben Meira fallen. Die rutscht sofort von ihrem Holzpferd herunter und streichelt ihm über den Kopf, vorbei sie flüsternd wiederholt, dass sie nichts verraten werden. Um ein bisschen Ruhe in die angespannte Situation zu bekommen, bitte ich die Kinder nun zum Mittagessen zu kommen und wende mich zum Gehen, als Lisa mir hinterher ruft: „Lara, dürfen wir danach in der großen Höhle spielen?" Ich drehe mich noch einmal um und nicke ihnen zu, bevor ich zurück ins Spielzimmer gehe, wo Marie bereits mit den Vorbereitungen fürs Mittagessen beschäftigt ist. Samuel hilft Robert aus der Jacke und will dann zu den Anderen in den Waschraum gehen. Doch Robert erwischt noch gerade Samuels Pullover und hält ihn fest. Fragend sieht Samuel Robert an, während er an seiner Jacke hantiert und „Bri..l..le" sagt. Nun hat er verstanden was Robert von ihm möchte und nimmt das Brillenetui aus der linken Jackentasche. Robert fühlt noch einmal schnell nach dem Etui in Samuels Hand und geht dann langsam mit zum Händewaschen. Im Waschraum zeigt Samuel Kai fragend das Etui, doch da hat Klaus die Idee. „Das verstecken wir in der großen Höhle für Nachher", flüstert er mit dem Blick zur Tür. Mit freudiger Zustimmung flitzt er ungesehen in die Halle und klettert in die große Höhle, wo er das Etui in einer Brotbox versteckt. Danach setzt er sich als letzter, ohne ein Wort zu sagen, auf einen freien Platz zum Mittagessen. Es ist eine unbekannte Stimmung, fast wie eine Aura, beim Mittagessen, findet Marie, und ich stimmte ihr zu. Beim flüchtigen Dazugesellen raunt mir Ralf zu: „Ich hoffe du weißt schon, wie du die Sache erledigst." Und schon ist er wieder von unserm Tisch verschwunden. Marie sieht mich mit leicht nach rechts geneigten Kopf an und ich bringe nur ein gedämpftes: „Naja ...", heraus. „Wenn du Hilfe brauchst, dann sag mir gerne Bescheid", bietet sie sich an, während wir aufstehen um das Mittagessen zu beenden.

Nach dem Zähneputzen lasse ich die sieben Freunde in die große Höhle, da ich dort am besten mit ihnen reden kann. Doch bevor ich in Ruhe mit den Kindern dort reden kann, muss ich noch Johanna füttern. Robert ist als erstes in der großen Höhle und tastet nach seinem Etui. Er wird ganz hippelig, als er es nicht findet, und fängt wieder an zu weinen. Meira ist genervt und sagt zu Robert, dass er nicht immer gleich losheulen muss. Lisa bestätigt Meiras Aussage und fügt noch hinzu, dass es besser ist, wenn er sagt was er will. Sebastian erklärt ihm auch noch dazu, dass es dann viel schneller geht Hilfe zu bekommen. Robert wischt sich die Tränen ein bisschen ab und schaut zur dunklen Höhlendecke auf, als er angestrengt nach seiner Brille fragt. Da sagt Klaus geheimnisvoll, dass er die doch versteckt hat, damit sie niemand findet, und greift gleichzeitig zu der Brotbox, die in der hintersten Höhlenecke liegt. Nach dem Öffnen der Brotbox hält er sie Robert so hin, als serviere er ihm etwas ganz Besonderes. Sebastian, der dicht neben Robert sitzt, hilft beim Greifen indem er Roberts Hand zur Brotbox führt. Nun greift Robert nach seinem Brillenetui und wischt es vor dem Öffnen gründlich an seiner Hose ab. Erwartungsvoll sehen die Freunde Robert zu, wie er die Brille aufsetzt. Jetzt kann Kai es nicht mehr aushalten und fragt gespannt: „Und... kannst du jetzt alles sehen?" Robert bewegt seinen Kopf hoch und runter, hin und her, bis er leise aber fast deutlich: „Ja", sagt. Nun krabbelt er an den Anderen vorbei aus der großen Höhle aufs Plateau, und alle folgen ihm. Um sicher zu sein, dass Robert wirklich sehen kann, spielen sie Farbenmemory. Einer zeigt auf eine Farbe und Robert muss die gleiche Farbe woanders finden. Das hat alle überzeugt, dass Robert jetzt sehen kann. Lisa ist so aufgeregt, das sie sofort zu mir gelaufen ist und durch das ganze Spielzimmer ruft: „Robert kann sehen." Sofort nimmt sie meine Hand und zieht mich mit in die Halle. Da sehe ich sechs strahlende Kinder auf dem Plateau sitzen und mittendrin Robert, der mir vorsichtig zuwinkt. Mir schießt ein wohliges Kribbeln durch den Körper, während ich mit Lisa an der Hand auf die Hochebene zugehe. Klaus bittet mich mit aufs Plateau zu kommen, und so klettere ich mit Lisa nach oben. Nun, da wir da oben alle gemeinsam sitzen und ich die Kinder ansehe, entsteht eine gespannte Ruhe. Inmitten meiner Gedanken, wie ich das Gespräch wohl am unkompliziertesten beginnen könnte, bricht Sebastian das Schweigen, indem er mir sagt, dass sie Robert doch nur helfen wollten. „Robert stand ganz alleine auf dem Weg und war traurig", erklärt Kai mit ernster Miene, und Meira fügt noch hinzu, dass er auch geweint hat. Und so erzählen die Kinder mir, was sie erlebt haben. Jeder hat etwas dazu zu sagen, nur Robert nicht, der nimmt immer wieder seine Brille ab, um sie dann gleich wieder aufzusetzen. Als sie alles erzählt haben, schaue ich nachdenklich auf meine Beine und frage leise, aber bestimmt, ob sie sich vorstellen können, wie es mir gegangen ist, als sie alle weg waren. Robert kratzt verlegen mit dem Finger auf dem Teppich und sagt leise: „T..auri.g." Von der Antwort bin ich so gerührt, das ich mit meinen Tränen kämpfen muss. Und als Kai dann noch hinzufügt, dass er glaubt, dass ich bestimmt auch Angst hatte, habe ich so einen so großen Kloß im Hals, dass ich nur noch Nicken kann. Völlig überrascht sieht Lisa mich an und sagt: „Wir haben doch gesagt, das wir Robert holen." „Stimmt, ...das habt ihr", gebe ich zu und streichle ihr zustimmend über den Kopf.

Vom Flur her hört Robert schon seine Mutter, die nach ihrem kleinen Prinzen ruft. Robert nimmt sofort die Brille ab und verstaut sie ungeschickt im Etui. Als Rosa die Halle betritt, nimmt Klaus ihm schnell das Etui ab und verspricht darauf aufzupassen. „Da bist du ja mein kleiner Prinz", säuselt sie Robert entgegen. Robert zeigt keine Regung und schon säuselt sie weiter: „Hier unten bin ich, ...ich hole dich da gleich mal runter, ...ist das nicht zu hoch für dich, ...hast du auch schön gespielt ....?" Zu mir gewandt sagt sie: „Ich möchte nicht, das Robert so hoch klettert, er ist noch zu klein dafür, wenn er da runter fällt und sich verletzt, nicht auszudenken. Also passt bitte besser auf!" Während ich mir meinen Teil dazu denke und nichts sage, klettert Rosa umständlich zum Plateau hinauf und nimmt ihren Sohn auf den Arm. Unten angekommen sieht sie Robert lächelnd an und streicht mit ihrem Finger über seinen Nasenrücken und wundert sich über den Abduck. „Lara, sieh mal was die Kinder da oben mit meinem Robert gemacht haben!", ruft sie mir ärgerlich zu. Als ich mir das aus der Nähe ansehen will, fängt Robert hysterisch an zu schreien und schlägt wild mit seinen Armen um sich. Rosa versucht ihren Sohn zu beruhigen, indem sie sagt, das sie jetzt nach Hause gehen und wenn das auf der Nase schlimmer wird, sie zum Kinderarzt gehen werden. „Schließlich muss die Kinderwelt für die Verletzung aufkommen." Mit diesen Worten verlässt sie, mit Robert auf dem Arm, die Halle. Die anderen sechs Kinder sind in der Zwischenzeit in die große Höhle zurück gekrabbelt und wollen, wie versprochen, Roberts Brillenetui verstecken. Da mache ich den Kindern den Vorschlag, dass ich Roberts Brille verwahre und immer wenn er sie braucht oder haben möchte, er sie von mir bekommt. Klaus, der das Etui immer noch wie einen wertvollen Schatz festhält, blickt fragend zu seinen Freunden. Sebastian stimmt als erster zu und dann sind alle anderen auch einverstanden. Immer noch etwas zögerlich reicht Klaus mir das Etui und sagt: „Du musst aber gut darauf aufpassen, das haben wir Robert versprochen." Ich verspreche es und nehme das Etui entgegen.

„Meira, bis du hier?", ist es etwas genervt von der Hallentür zu hören. Sophie-Amanda steht mit Meiras Holzpferd in der Tür. Meira steckt ihren Kopf aus der großen Höhle heraus und antwortet kichernd. Zielstrebig geht Sophie-Amanda auf Meira zu und hebt sie aus der großen Höhle. Mit skeptischem Blick betrachtet sie ihre Tochter und muss feststellen, dass sie nicht, wie sie dachte, zum Spielen in die Halle getragen worden ist, sondern über den Fußboden gekrabbelt ist. Mit bösem Blick zu mir meint sie, dass sie nun schon extra das Holzpferd haben bauen lassen, damit Meira nicht im Dreck krabbeln muss und trotzdem ist sie so dreckig. Meira, die nun auf ihrem Holzpferd sitzt, sieht an sich herunter und wischt grinsend mit den Händen an ihren Knien. Auch Sophie-Amanda versucht die Knie der hell rosa Strumpfhose zu säubern, aber ohne sichtbaren Erfolg. Mit den Worten, dass das nie wieder sauber gehen würde, zieht sie ihre Tochter in die Garderobe. Dort macht Meira einen solchen Aufstand, bis ihre Mutter ihr eine neue hell rosa Strumpfhose aus dem Auto holt. Die schmutzige Strumpfhose schmeißt Sophie-Amanda in den Mülleimer, der in der Garderobe steht. Zufrieden lässt sich Meira danach aus der Kinderwelt tragen.

„Lara, und was haben die beiden Mütter zum Weglaufen ihrer Kinder gesagt?", fragt Ralf mit interessierter Neugierde. „Nichts, ...ich hatte noch nicht die Möglichkeit mit ihnen zu reden. Sie waren so mit dem Abholen der Kinder beschäftigt, dass für ein ruhiges Gespräch keine Möglichkeit war", erkläre ich mich sachlich. Ralf rollt mit den Augen und während er seine linke Schulter nach hinten dreht, stampft er mit dem rechten Fuß auf und entgegnet mir mit gepresster Stimme: „Ich war nicht einverstanden, dafür trägst du alleine die Verantwortung." „Ich weiß!", rutscht es mir fast trotzig heraus, worauf Ralf sich umdreht und nuschelnder Weise aus der Halle stampft. „Was ist denn jetzt schon wieder los?", fragt Marie, als sie mit Marianne in die Halle kommt. Ich winke ab, als die Zwillinge auch schon auf ihre Mutter zugelaufen kommen und zu erzählen anfangen. Marianne versteht aus dem erzählenden Durcheinander nichts und sieht mich fragend, fast hilflos, an. In diesem Moment hat Marie die rettende Idee und meint, dass ich mich ja mal kurz mit Marianne zurückziehen kann um ihr alles genau zu erklären. Zu den Kindern gewandt sagt sie bestimmt, dass sie noch ein bisschen in der großen Höhle spielen können. Instinktiv gehe ich mit Marianne auf den Spielplatz, während ich ihr alles so erzähle, wie es mir bekannt ist. Marianne hört interessiert und aufmerksam meiner Erzählung zu. An der Feuerwehrpforte angekommen, ist sie überrascht, dass die Kinder diese schwere Pforte alleine öffnen konnten. „Naja, wenn sie das gemeinsam geschafft haben, kann man ja nur von guter Teamarbeit sprechen. Alle Achtung!", meint Marianne anerkennend. „Guten Tag Herr Pertrowsky", grüßt sie den alten Mann, der gerade vorbeigeht. Der hebt seinen Hut und grüßt freundlich zurück, wobei er seinen Weg fortsetzt. „Du kennst den Herrn?", frage ich überrascht und füge noch hinzu, dass das der alte Mann ist, von dem ich gesprochen habe. Marianne nickt und erklärt mir, dass das ihr Nachbar ist. „Das erklärt eine gewisse Zutraulichkeit der Kinder", stelle ich fest. Wenn Marianne auch vor zehn Minuten innerlich einen riesigen Schreck vom dem eigenständigen Handeln der Kinder bekommen hat, ist sie jetzt auch meiner Meinung, dass die Kinder nicht einfach nur weggelaufen sind, weil keiner hingesehen hat, sondern gezielt geholfen haben. Marianne legt ihre Hand auf meine Schulter und sagt: „Ganz schön gewagt, aber mutig." Fast konnte ich ein wenig Stolz in ihrer Stimme hören. Auf dem Rückweg zum Haus erklärt sie sich bereit die anderen drei Mütter anzusprechen. „Nur Rosa und Sophie-Amanda bitte nicht, denen erkläre ich das Geschehene, wenn sie mich ansprechen", sage ich. Das ist das Beste für Robert, darin sind wir uns einig. Heute konnten die restlichen fünf Freunde noch lange in der großen Höhle spielen. Dank Mariannes Unterstützung konnten wir den Müttern den selbständigen Ausflug der Kinder so vermitteln, wie es die Kinder gesehen haben, und damit waren alle ein wenig stolz auf ihre Kinder. Als ich um kurz nach fünf als Letzte die Kinderwelt verlasse, steht Ralf wartend am Zaum. Um seine Füße sind kreisförmige Muster in den Sand gemalt. Mit dem Blick zum Boden fragt er mich, wie es gelaufen ist. „Gut", antworte ich und verabschiede mich: „Bis Morgen."

*E*s dauerte nicht lange, bis der selbständige Ausflug der Kinder in den Hintergrund gerutscht ist. Robert holt sich jeden Tag seine Brille bei mir ab, sobald seine Mutter gegangen ist und lernt das Sprechen in Verbindung mit dem Sehen sehr schnell und wird dadurch immer selbstständiger. Rechtzeitig, bevor seine Mutter ihn abholt, setzt er die Brille ab, und verfällt dann wieder in seine alten Verhaltensmuster. Somit merkt sie keine Veränderung an ihrem Sohn und freut sich jeden Tag über ihren kleinen, süßen Prinzen. Auch Sophie-Amanda hatte keine Fragen über den Ausflug, vielleicht weil Meira nicht die Möglichkeit hatte etwas darüber zu erzählen, und sie somit nichts erfahren hat von dem großen Abenteuer.

*S*amuel und Robert sind heute die letzten Kinder, die noch nicht abgeholt wurden und stehen an der Fensterbank im Spielzimmer. Etwas enttäuscht sieht Samuel seinen Blumentopf an und stellt fest: „Gummibärchen wachsen nicht im Blumentopf." Worauf Robert den Blumentopf in die Hand nimmt und ihn sich genau ansieht. Nachdenklich, fast philosophisch, meint er dann zu Samuel: „Gekochtes wächst nicht, ... nur etwas von draußen." „Gut, ... dann pflanzen wir morgen einen Stein ein", freut sich Samuel und Robert nickt, als Samuels Mutter in der Tür steht und nach Samuel ruft. „Robert, du kannst dich auch schon anziehen, deine Mutter ist auch gleich da, sie redet noch mit Meiras Mutter auf dem Parkplatz", fordere ich Robert auf, der sich sofort zu mir umdreht und seine Brille abnimmt, um sie mir zu geben. Ich zögere beim Annehmen seiner Brille und sehe ihn aufmunternd an. Doch Robert sieht mir entschlossen entgegnen und sagt: „N..ein." Mit der Brille in der Hand lässt Robert mich stehen und geht langsam zur Tür, wo ihm seine Mutter schon entgegen kommt. „Da ist ja mein kleiner Prinz", säuselt sie ihm entgegen. Mit einem Blick zu mir fragt sie völlig entsetzt: „Lara, trägst du etwa eine Brille? Das muss doch nicht sein, das kann man doch operieren!" Ohne eine Antwort abzuwarten verlässt sie mit Robert an der Hand das Spielzimmer und fragt sich laut, ob ich mir fürs „Kinderaufpassen" solche Operation überhaupt leisten kann. Mit einem: „Naja", zu Robert gewandt, versichert sie ihm, dass er auf keinen Fall eine Brille tragen muss. Und so geht sie mit einem traurigen fast weinenden Kind auf dem Arm aus der Kinderwelt.

Nachdem jetzt auch das letzte Kind abgeholt worden ist, beginnen wir mit der geplanten Teamsitzung im Spielzimmer. Heute haben wir zwei Themen zu besprechen. Das Erste ist das jährliche Sommerfest und das Zweite ist die Abschlussarbeit der Praktikantin. Ralf macht es kurz und sagt, dass das Sommerfest wieder genau wie letztes Jahr gemacht wird, weil die Eltern damit zufrieden waren, und bei den Aushängen braucht er dann nur das Datum ändern. Vorsichtig fragt die Praktikantin, ob sie vielleicht dann das Sommerfest mit einem kleinen Theaterstück bereichern darf. Ralfs Blick schweift zum Korb in der Kuschelecke. Plötzlich springt er auf und geht zu dem Korb, er greift unter den obenauf liegenden Teddy und zieht eine Plastikdose heraus, um sie dann sofort wieder zurück zulegen. Enttäuscht setzt er sich wieder zu uns an den Tisch und fragt noch etwas erregt die Praktikantin, was für ein Theaterstück sie sich vorstellt. „Ich möchte das gern mit den größeren Kindern erarbeiten", erklärt sie mit zaghafter Stimme. „Wenn dabei dann etwas Vorzeigbares heraus kommt, warum nicht? Den Aushang musst du dann aber selber machen, ich habe für so etwas keinen Vordruck", stimmt er schroff zu und steht mit den Worten „Dann haben wir ja alles besprochen", auf und macht Feierabend. Wir drei zurückgebliebenen schauen uns nicht allzu verwundert an und besprechen gemeinsam die Einzelheiten, bevor wir dann auch Feierabend machen.

In den folgenden Tagen versucht die Praktikantin das Besprochene mit den sieben großen Kindern motiviert umzusetzen. Da aber nur Kai und Lisa überhaupt wissen was ein Theater ist, ist es für die anderen Kinder schwer sich an die Anweisungen der Praktikantin zu halten. Nach gut einer Woche sucht die Praktikantin mit mir das Gespräch und teilt mir mit, dass sie das Vorhaben aufgeben will. Da ich die Idee mit dem Theater zum Sommerfest aber richtig gut finde, überzeuge ich sie,

mit meiner Unterstützung weiterzumachen. Mit den Kindern gemeinsam finden wir schnell ein Thema was alle Sieben interessiert. „Oh ja, wir sind Prinzen und Prinzessinnen, die einen Schatz finden", schlägt Sebastian vor. „Und Meira ist die Prinzessin auf dem Pferd mit Robert als Prinz", findet Klaus. Damit erntet er aber spontan großen Protest von Meira. „Ich bin der Räuber, der den Schatz bewacht!", erklärt Meira selbstsicher, „... und wenn die Prinzen kommen, dann laufe ich schnell weg." „Gut, dann musst du aber laufen üben", stellt Lisa trocken fest. „Nein, ... nur schnell laufen", sagt Meira und steht von ihrem Holzpferd auf und geht langsam und etwas unsicher, Schritt für Schritt, durch die Halle. „Ich habe mit Robert geübt, er hat mich immer festgehalten und gesagt, dass ich nicht so viel essen soll", erklärt sie den anderen Kindern stolz, während sie immer weiter läuft. Mittlerweile haben die Praktikantin und ich uns aus dem Kreis der Kinder zurückgezogen und sitzen nun auf der Matte vor dem Fenster. Nun ist Lisa überzeugt, das Meira der Räuber sein kann und stimmt zu. Samuel bittet die Kinder, dass er die Prinzessin auf dem Holzpferd sein darf. Und Klaus will der König sein, der auf seinem Thron sitzt und immer etwas zu Essen bekommt, wenn er danach ruft. „Ich bringe dir dann immer das Essen, wenn du rufst", erklärt Sebastian aufgeregt. „Dann bist du die Königin", stellt Kai fest und sagt, dass er die gute Fee ist, die alle beschützt. „Gut, dann muss ich der Prinz sein, denn eine Prinzessin ohne Prinz, das gibt es nicht", ruft Lisa aufgeregt in die Runde. Jetzt schauen alle auf Robert und fragen, was er sein möchte. Ganz langsam und leise fängt Robert an zu erzählen, was er sein will: „I..ch bin der Po..li..z..eii. I..chh fang..e den Räu..berr", sagt Robert mit hochrotem Kopf. In diesen Rollen probieren sie sich aus und haben jede Menge Spaß. Nach und nach entsteht so eine kleine Geschichte, die sich immer wiederfindet beim Spiel in den Rollen.
Heute haben die Kinder angefangen Kostüme, gemeinsam mit der Praktikantin, herzustellen. Zu meinem Erstaunen hat sie den Kindern nicht gesagt, was sie machen sollen, sondern einfach abgewartet, was die Kinder mit den Materialien anfangen. Jeder hat etwas gefunden, wie er sich in seiner Rolle verkleiden will. Marie hat den großen Rollspiegel aus der Garderobe in die Halle gerollt, so dass sich die Kinder gut ansehen können. Kurz vor dem Mittagessen stehe ich mit Marie in der Halle und wir lasse uns die Kostüme der Kinder vorführen. Es ist wie eine kleine Modenschau, jeder stellt sein Kostüm stolz vor.

Als Ralf die Halle betritt, ist ihm das Entsetzen ins Gesicht geschrieben. „Das sollen doch nicht die Kostüme fürs Sommerfest sein?", fragt er mit eisigem Blick. „Könnt ihr nicht einmal etwas vernünftig machen? Wenigsten, wenn die Eltern kommen?", fleht er uns an. „Das ist vernünftig, das haben die Sieben sich alleine ausgedacht für die Eltern", erwidere ich mit überzeugter Stimme, die jetzt keinen Widerspruch duldet. Genervt und irritiert von meiner Aussage verlässt Ralf die Halle und grummelt vor sich hin: „Wenn man nicht alles selber macht!" Mit einem Blick auf die Uhr sehe ich, dass es Mittagessenzeit ist, und bei Ralfs Laune, möchte ich ihn nicht unnötig auf uns warten lassen. „Das war eine tolle Vorführung eurer Kostüme, doch nun müssen wir erst mal zum Mittagessen rüber gehen", beende ich die Vorführung. „Dürfen wir das an lassen?", fragt Lisa bittend. „Natürlich", bejahe ich ihre Bitte, und so sitzen kurz darauf alle hungrig am Mittagstisch. „Kostüme basteln macht hungrig", stellt Meira fest, und lässt sich seit langer Zeit mal wieder eine zweite Portion geben.

Nur noch zwei Tage bis zum Sommerfest. Kai und Lisa sind heute schon ganz früh in die Kinderwelt gekommen, weil sie Blumen und Äste aus ihrem Garten mitgebracht haben. „Ist das in Ordnung, das die beiden so viel mitbringen?", fragt mich Marianne skeptisch. Ich komme gar nicht erst zu einer Antwort, weil Kai sofort sagt, dass sie das alles für ihr Theater brauchen. Ich nicke Marianne zu und sie wirkt ein wenig erleichtert. Gerade wird Sebastian gebracht, der, ohne sich auszuziehen, sofort begeistert mithilft alles in die Halle zu tragen. Klaus, der das sieht, kommentiert das Ganze mit einem anerkennenden: „Goil" und läuft sofort mit den andern mit. Auch Samuel hat es heute eilig mit dem Verabschieden und gibt seiner Mutter noch schnell einen Kuss auf die Wange bevor er in die Halle verschwindet. Verwundert sieht Samuels Mutter ihrem Sohn hinterher. „Nun, dir hat dein Sohn ja wenigsten Tschüss gesagt, die Anderen sind heute einfach so losgelaufen", stellt Sebastians Mutter ernüchternd fest. „Es wird Zeit, dass das Sommerfest bald beginnt, die sind ja schon so aufgeregt, dass sie kaum noch einschlafen können", meint Marianne zu den andern Müttern, die zustimmend nicken. Rosa, die das Gespräch mit angehört hat, stellt sich jetzt zu ihnen und meint etwas abfällig: „Na, was soll das schon werden mit dem Sommerfest, ich durfte ja nicht einmal eine Hüpfburg sponsern." Kopfschüttelnd lassen sie Rosa stehen und verlassen die Kinderwelt. Ralf, der die letzten Worte von Rosa mitbekommen hat, kommt sofort zu mir und fragt mich vorwurfsvoll: „Wer hat die Hüpfburg verboten?" „Ich nicht", antworte ich überrascht und auch Marie schüttelt den Kopf. Mit der linken Hand im Haar wuschelnd geht Ralf in sein Büro und denkt bei sich: ‚Ich war es auch nicht.' Robert und Meira lassen sich von ihren Müttern ins Spielzimmer tragen. „Marie, wo ist Meiras Holzpferd schon wieder, ... Ich habe keine Lust jeden Morgen danach zu suchen, ... Sie hat eine neue „Gabanie"-Strumpfhose an. Nicht das die heute Nachmittag wieder schmutzig ist, ...also wenn das Holzpferd nicht da ist, erwarte ich, das ihr sie dahin tragt, wo sie hin will!", erbost sich Sophie-Amanda und verlässt mit einem leicht affektiert wirkenden: „Bis später mein Liebling", das Spielzimmer. Kaum das die Mütter gegangen sind, holt Robert sich seine heißgeliebte Brille bei mir ab und Meira zieht, wie so oft, die Strumpfhose aus, um dann langsam in die Halle zu den Anderen zu gehen. Robert hält Meira beim Gehen an der Hand. Die Beiden werden schon in der Halle von den Anderen erwartet, und so verbringen sie gemeinsam mit der Praktikantin den ganzen Vormittag mit den Vorbereitungen für ihr Theater. Am Nachmittag müssen alle Kinder mit nach draußen auf den Spielplatz. Marie erklärt den murrenden Kindern zum wiederholten Mal, wie gut die frische Luft für sie ist.

*E*inen Tag noch bis zum Sommerfest. Sebastian und Klaus sind damit beschäftigt Malutensilien zusammenzusuchen. Kai und Samuel breiten in der Halle ein großes Stück Papier auf dem Boden aus. „Das ist groß genug für unser Pla... , ähm... unser Bild", stellt Lisa zufrieden fest. Meira hält Roberts Hand ganz fest, als sie versucht mit seinen Schritten durch die Halle mitzuhalten. Immer und immer wieder gehen sie von der Hallentür bis zum Fenster und erneut zurück. Als die Praktikantin, mit Malkitteln in der Hand, die Halle betritt, lässt Meira sich mit hochrotem Kopf und Schweißperlen auf der Nase auf den Boden plumpsen. Mit einem kurzen Blick zu Meira und Robert, fragt sie ob alles in Ordnung ist, und beide nicken ihr zufrieden entgegen.

Nachdem Sebastian und Klaus jetzt für jeden einen Pinsel gefunden haben, beginnen die Kinder mit dem Malen ihrer Geschichte. Jeder malt sich in seiner Rolle. Robert steht immer wieder auf und betrachtet sein Gemaltes aus den verschiedensten Perspektiven. Die Praktikantin steht, immer noch mit den Malkitteln in der Hand, fasziniert mit dem Rücken zur Hochebene und beobachtet die emsig malenden Kinder. Nachdem ich mit meinen Vorbereitungen für das morgige Sommerfest fertig bin, gehe ich in die Halle, um zu sehen wie es dort voran geht. Neben der Praktikantin stehend, trifft sich unser Blick auf den Malkitteln. Fast gleichzeitig zucken wir mit der Schulter, und ich meine: „Nun ist das so", und die Praktikantin legt erleichtert die Kittel auf die neben ihr stehende Bank. Lisa und Meira sind gerade fertig mit dem Malen der Bildumrandung, als Marie den Kopf in die Halle steckt und ruft: „Eis für Alle!" Das lassen sich die Kinder nicht zweimal sagen und legen sofort ihren Pinsel weg und laufen ins Spielzimmer. In der Hallentür wartet Sebastian noch auf Robert und Meira, die unbedingt laufen will. Überrascht sieht Ralf die drei Kinder auf seinem Weg in die Halle an und kräuselt seine Stirn, während er ihnen Platz macht. „Ist das Plakat schon fertig?", fragt er gehetzt die Praktikantin und bleibt vor dem Bild auf dem Boden stehen. Sie zeigt schweigend mit dem Finger nach unten auf das Bild. Worauf sich Ralf sofort umdreht und brummelnd die Halle wieder verlässt. Nach dem Eis essen ist das Bild getrocknet, und so wird das Plakat einladend über der Hallentür aufgehängt. Gleich darauf beginnen alle Kinder sich anzuziehen, um draußen zu spielen. Durch den daraus resultierenden Lärm im Flur gestört, öffnet Ralf seine Bürotür und sein Blick fällt sofort auf das Bild über der Hallentür. „Soll das da hängen bleiben? Ach, warum frag ich?", gibt er sich selbst zur Antwort und zieht sich wieder in sein Büro zurück. Während ich mit den ersten fertig angezogenen Kindern schon auf den Spielplatz gehe, gibt Marie den Kindern in der Halle die konkrete Anweisung nach dem Aufräumen auch nach draußen zu kommen. Selten hat Aufräumen und Saubermachen so viel Spaß gemacht wie heute. Selbst als die Praktikantin meint, dass jetzt alles blitze-sauber ist, finden die Kinder immer noch etwas, was ganz wichtig zu tun ist. Erst als ich bewundernd über die Sauberkeit und Ordnung in der Tür stehe, kann ich sie alle davon überzeugen mit nach draußen zu kommen.

$\mathcal{H}$eute ist endlich Sommerfest! Die Sonne scheint und der fast stürmische Wind hat sich gelegt. Marie und ich haben gemeinsam mit der Praktikantin den Spielplatz mit Girlanden und Luftballons geschmückt. Ralf steht vor der Küche und begutachtet das aufgebaute Büffet. „Das soll für alle reichen?", fragt er skeptisch die Küchenfrauen. „Da wird noch jede Menge davon übrig bleiben, wie die Erfahrungen von den letzten Jahren zeigen. Außerdem bringt ja noch fast die Hälfte der Eltern einen Kuchen mit", erklärt die eine Küchenfrau mit einem Augenrollen. Mit den Worten: „Hoffentlich habt ihr Recht, denn wenn das nicht reicht, werden unsere Eltern ziemlich unzufrieden sein. Das kann ich so kurz vor meinem Urlaub gar nicht gebrauchen!", geht er zurück in sein Büro. „Wie spät ist es?", fragt mich Marie auf dem Weg zur Küche. „Zwanzig Minuten vor Neun", antworte ich, nachdem ich auf meine Armbanduhr gesehen habe. „Dann haben wir ja noch Zeit für einen Kaffee, bevor die Ersten um neun Uhr kommen. An der Küche angekommen, stößt die Praktikantin ein überraschtes, fast entsetztes: „Wer soll das denn alles essen?", aus. Die Küchenfrauen fangen an zu kichern und erzählen, dass Ralf Angst hat, dass das nicht reicht. Verständnislos schüttelt die Praktikantin schüchtern den Kopf.
Um neun Uhr, als die ersten Kinder mit ihren Eltern in der Kinderwelt eintrudeln, verlässt Ralf sein Büro. Fast sieht es aus, als ob er sich extra noch einmal seine wuscheligen Haare gekämmt hätte und begrüßt die ankommenden Eltern. Nachdem Ralf mit dem Satz: „Ich wünsche allen viel Spaß bei unserem diesjährigen Sommerfest", das Fest eröffnet hat, beginnen die Kinder sofort an den Spielstationen zu spielen. Die Eltern treffen sich am Büffet und unterhalten sich, während sie die Leckereien genießen. Als die Praktikantin um viertel vor Elf die sieben Kinder für das Theater zusammensucht, beginne ich damit, die Eltern in die Halle zum Theater einzuladen. Beim Vorbeigehen an der Praktikantin stecke ich ihr Roberts Brillenetui zu. Robert nimmt es von der Praktikantin entgegen und steckt es in seine Hosentasche. Während sich die Eltern einen Platz in der Halle suchen, ziehen die aufgeregten Kinder im Spielzimmer ihre Kostüme an. „Ich wi..ll nich..t", stammelt Robert mit tränenüberströmten Gesicht, während er sich zu den anderen Kindern umdreht. Mucksmäuschenstill stehen sie da und sehen Robert entsetzt an. Er hält seine Hand krampfhaft an die

Hosentasche, in der sein Etui drinnen ist, als Meira von ihrem Holzpferd aufsteht und mit Lisa auf ihn zugeht. „Du schaffst das", sagt Lisa überzeugt und Meira fragt: „Wo soll ich denn hinlaufen, wenn du da nicht stehst?" Zögerlich nimmt er das angebotene Taschentuch von der Praktikantin an und schnäuzt sich die Nase. Klaus klopft ihm auf die Schulter und sagt, dass sie ohne ihn nicht spielen können. Sebastian sagt mit voller Überzeugung: „Wir brauchen dich!" „Bitte, komm mit", bittet auch Samuel ihn. Verhalten nickt Robert während Kai seine Hand nimmt und sagt: „Komm, wir gehen zusammen in die Halle." Während Marie die Kinder aus dem Spielzimmer abholt, erkläre ich den Eltern kurz wie es zu dem Theaterstück gekommen ist.

Wie ein Triumphmarsch ziehen die Kinder in die Halle ein. Angeführt von Klaus dem König, gefolgt von der Königin Sebastian, Kai als gute Fee mit dem Polizisten Robert an der Hand. Prinz Lisa und Prinzessin Samuel ziehen das Holzpferd mit dem Räuber Meira als letztes an der Spielstätte vorbei hinter den aufgehängten Vorhang. Auf einmal geht alles ganz schnell und routiniert. Meira steht vom Holzpferd auf und gibt es Lisa, Robert setzt seine Brille auf um den Ausgang zwischen dem Vorhang zu finden und Klaus nimmt den, wie er findet, albernen Königsstab von der Praktikantin entgegen. Mit dem Glöckchen in der Hand stelle ich mich zu Ralf an die Wand neben der Hallentür und warte auf das Zeichen der Praktikantin, dass es losgehen kann. Gerade als Marie sich neben Marianne auf die Bank setzt, kommt das verabredete Zeichen. „Hoffentlich wird das kein Reinfall. Was werden die Eltern zu dem Kinderkram sagen?", nörgelt Ralf mir ins Ohr, bevor ich das Glöckchen läute. Eigentlich sollte ich ja dreimal klingeln, aber da kommt schon der König und setzt sich auf seinen Thron und das Theater beginnt.

„Ich habe Hunger!", ruft der König und klopft mit seinem Königsstab dreimal auf den Boden. Und schon kommt die Königin mit einem gefüllten Tablett zum König und hält es ihm hin. Er schaut sich alles genau an und nimmt sich ein Stück Apfel, welches er auch gleich genüsslich verspeist. Während er so kaut, krabbelt der Räuber hinter dem Thron vorbei und nimmt sich eine Dose aus der Truhe, welche auf

dem Boden in der Ecke steht. Mit der Dose in der Hand krabbelt der Räuber wieder zurück.

„Ist das etwa Meine?", fragt Ralf erleichtert und macht einen Schritt in Richtung des Geschehens. „Nicht jetzt!", zische ich Ralf zu und halte ihn am Arm fest. Ein paar Eltern drehen sich zu uns um und schütteln vorwurfsvoll mit dem Kopf.

„Möchtest du noch was essen mein König?", fragt unterdessen die Königin. „Nein, ich will jetzt meinem Schatz sehen", antwortet der König mit dunkler Stimme. Als die Königin den Schatz holen will stellt sie fest, dass er weg ist und fängt fürchterlich an zu weinen. Das hören der Prinz und die Prinzessin und kommen zum König gelaufen und fragen was los ist. Der König zeigt auf die Königin, und diese sagt, dass der Schatz weg ist. Aus dem Hintergrund ist ein fast fieses Lachen zu hören. „Da müssen wir die gute Fee um Rat fragen", sagt der Prinz weise, und schon ist die gute Fee da.

Kai, als gute Fee erntet fröhliches Gelächter, weil er sehr tollpatschig beim Prinzen erschienen ist. Etwas verlegen wegen des Gelächters sagt er:

„Ihr müsst in den Wald gehen und den Räuber fangen." Mit einer deutlichen Handbewegung, schickt der König die Prinzessin und den Prinzen in den Wald.

Während die Beiden sich auf den Weg in den Wald machen, verlassen der König und die Königin die Spielfläche um Meira Platz zu machen, die nun mit einem Haufen aus Ästen schiebenderweise auf die Spielfläche krabbelt.

Als sich die Prinzessin nun suchend umdreht, sieht sie den Räuber hinter dem Gebüsch und ruft: „Da ist der Räuber!", und zeigt zum Gebüsch. Sofort laufen sie auf den Räuber zu. Der aber nimmt den Schatz fest in die Hand, springt auf und läuft weg. Er läuft einmal zum Fenster und dann wieder zurück.

„Meira, was machst du da!", hört man Sophie-Amanda aus dem Publikum rufen. Unbeirrt von dem Zwischenruf kommt Robert kerzengerade und mit festem Schritt hinter dem Vorhang heraus.

„Halt, stehen bleiben!", ruft der Polizist dem Räuber entgegen. Und schon hat er den Räuber am Arm.

Rosa traut ihren Augen nicht, und will sofort etwas sagen, aber da hält Roberts Vater, der neben ihr sitzt, sie zurück und flüstert ihr energisch zu: „Lass ihn doch einfach mal etwas alleine machen, und zeige ihm, das du Stolz auf ihn bis, so wie er ist!" Rosa lehnt sich zurück und zieht einen Schmollmund. "Ich meine das sehr ernst, Rosa!", setzt er noch hinzu.

"Du musst den Schatz zurück geben", erklärt der Polizist dem Räuber. Die Prinzessin und der Prinz, die daneben stehen, nicken zustimmend. Als die gute Fee, gefolgt vom König und der Königin, das Gebüsch erreicht, gibt der Räuber etwas zögernd dem König den Schatz zurück. "Du hast das richtig gemacht", sagt die gute Fee zum Räuber, und dann gehen sie alle gemeinsam ins Schloss zum Feiern.

Die Eltern sind begeistert und klatschen bis die Kinder hinter dem Vorhang wieder herauskommen. Sie verbeugen sich, wie sie es vorher geübt haben und strahlen übers ganze Gesicht. Ralf weicht die Anspannung aus dem Gesicht und fragt mich wie ein kleines Kind: "Darf ich jetzt meine Brotbox holen?" Ich nicke ihm zu, und er geht hinter den Vorhang, wo die Brotbox auf dem Boden liegt. Beim Aufheben, fragt er sich, wie die wohl da hingekommen ist. Nach dem Öffnen schließt er sie schnell wieder und hält sie mit der rechten Hand fest, damit sie nicht wieder verloren geht. Währenddessen krabbelt Meira langsam zu ihrer Mutter, die gleich ganz viele Fragen hat, und sie auch gleich wieder selbst beantwortet. Auf einmal steht Meira auf und sagt zu ihrer Mutter: "Mama ich hab dich lieb!" Da hält sie mit ihrem Redeschwall inne und nimmt sie fest in den Arm und sagt: "Ich dich auch, mein großer Liebling." Langsam geht Meira zurück zu den anderen Kindern, die gerade einen Schokoriegel für den gelungenen Auftritt bekommen haben und nimmt ihren entgegen. Stolz steht Robert in Mitten der anderen Kinder, als seine Mutter langsam auf ihn zukommt...

*G*uten Morgen - aufwachen, - die Sonne scheint", höre ich von weit weg in mein Ohr flüstern. Als ich langsam meine Augen öffne, sind meine Gedanken noch nicht ganz wach. Da merke ich einen Stups auf meiner Nase und werde erwartungsvoll gefragt: "Hast du gut geschlafen?" Noch in Gedanken versunken antworte ich: "Ja, und ich habe etwas sehr Schönes geträumt."